U0735471

叶辛中篇小说选

典 藏 版

发生在霍家的事

—— 叶 辛 著 ——

中国出版集团 东方出版中心

发生在霍家的事

1

马路两侧的玻璃窗上反射出晚霞的红光时，老霍回家来了。

注定了这是个不寻常的黄昏。老霍似乎从一走进弄堂，就有了预感。

"霍先生回来了，嘿嘿。"

朝着他笑并带着几分谄媚的，是一张圆滚滚的、下巴叠成双层的脸。白净、丰满、齐耳短发，脸上的皱纹，全舒展开了。

当老霍认清了同他打招呼的是一号里的居民小组长梅枝阿姨时，急忙回以一个笑脸，谦恭而彬彬有礼地一点头：

"哦,梅枝阿姨,吃过夜饭了吗?"

"还没有,还没有。"梅枝阿姨爽朗地笑着,还在胸前摆一摆手,像她在开会时常用的手势一样。她笑呵呵地问:"霍先生,你六十几了?"

"六十七。"

"唷,看轻、看轻啊! 看你脸上的气色多好,好福气呀!"

这显然是带有几分恭维了。老霍想回敬一句,你五十多岁,满面红光,气色也不差啊。但不待他说出口,梅枝阿姨晃动着已见福态的身子,擦身走过去了。

老霍在弄堂里站了片刻,沉吟了一下,又继续朝前走。

霍先生。真是笑话,笑话呀! 回家一定要告诉贺佳,爽爽快快笑几声。

"爹爹回来了。"

走进四号里的大门，一个温顺的嗓音招呼着。老霍一抬头，是出了嫁的三女儿：

"培洁来了。晶晶和兆雄来了吗？"

"兆雄带晶晶去她阿婆家了。"

"那晶晶你该带来嘛。"

培洁恭恭敬敬地答："下次一定带来，爹爹。"

"你勿要站在门厅里啰嗦了，有人找！"从门厅隔壁的厨房里，传来老伴贺佳不耐烦的声音。

"谁呀？"

"自己去看嘛，在底层客厅。"老伴的肚子里像憋了满腹气恼。

老霍顾不得转进厨房，直接穿过门厅，向底层客厅走去。

走到客厅门口时，他感觉到客厅后头老四培春的房门打开了一下，继而又砰一声关上了。

什么意思？

儿子培春和老霍的关系紧张，老霍心头是有数的。但像今天这样，却是极少见。老霍没工夫细究了，他想，晚饭前有人来找，必定是有要紧事。他推开虚掩着的客厅门，一步迈进去。差不多与此同时，客厅后头房里的四喇叭收录机音量十足地鸣响起来：

> 黄昏来临，
> 我亲爱的，
> 暮色朦胧罩大地；
> 无声无息投下暗影，
> ……

这个培春，他不会是故意的吧，开得那么响，想震聋人的耳朵呀。

客厅里没开灯，但是光线并不很暗。三人长沙发的右侧，坐着一个三十出头的年轻人，老霍不认识他。年轻人看见老霍，神态也有些拘谨，撑着沙发扶手要站起来。

"坐！"老霍看到沙发前的茶几上，已经搁了一杯花茶,冒着缕缕热气,便把手一伸,示意他不必站起来了,"你是……"

看见老霍伫立在门边端详他,年轻人下了决心一般站起来,声音不响,但很坚定地招呼着:

"爸爸!"

老霍如同让来人迎头击了一棒,愣怔地站在那里。在家里,所有的子女都喊他"爹爹",叫他爸爸的,只可能是……他把手朝对方一指:

"你是……"

"我是阿虎啊!"对方的声调里似有些不满。

老霍的头皮发麻了!是他,是霍培峻!他长得活像他姆妈。只是,只是……老霍和他们母子,已经多年没有联系了呀。老霍镇定着自己,但仍一句话也讲不出来。

客厅后头房间里,那只录音机还在喧响:

……

听那微风低声地呜咽，
带着无名的忧郁，
你可想我，
你可爱我，
一如悠远的往昔？

老霍伸出去想开灯的手，不知怎么往后一
拨，仿佛不经意地，把客厅的门关上了，把客厅
后头的录音机声也隔断了。这房子的隔音效果
是相当好的。

老霍朝客厅里面、朝他绝没想到会找上门
来的儿子，一步一步走过去。

"你妈妈现在怎么样？还好吧？"

"姆妈过世了。"

"她……死了？"

"嗯。"

"哪一年的事？"

"前年。七七年。"

"生啥病?"

"肝炎。她一直拖着不去看,转成肝癌了,才想到寻医生。住进医院就不行了。"

这么说,雪琴已经离开人世了。唉,一生一世,辛辛苦苦,她这一辈子,实在是没有享到一点福。老霍把目光从儿子脸上移开,移到落地钢窗外头的花园里。花园里一片荒芜,只有几株夹竹桃,点缀般栽在那里。就这几棵不值铜钿的夹竹桃,也是房管所搬走时,赔偿似的补种在花园里的。花园本来是这幢三层法式楼房的附属品,就像楼房后头的汽车间一样。"文化大革命"前,花园里有银杏树、冬青、月桂、蔷薇、剑麻和几十盆花。闹了场革命,把这幢楼房归还老霍时,花园割去了三分之二,还剩下的三分之一,只能晒晒衣裳,养养鸡了,老霍想打一套太极拳,也伸展不开。为此,贺佳拖长了声音哀叹:

"真正的前世作孽!"

老霍倒没这种想法,前世作不作孽,今世人有谁晓得? 花园割去了三分之二,少付五块多房钿呢。再说,搬回来之前,住在那种房子里,一间十四平方米,一间十二平方米,公用厨房,公用厕所,还不是过日子。现在总算还有一个小花园,重新养几十盆花,摆摆还是有地方的。

　　是呵,花园的变化都那么大,何况人呢!

　　一不讲话,屋里显得特别静寂。弄堂里,有人在叫:

　　"包开的平湖西瓜,蜜蜜甜的黄金瓜,要买的,快出来啊! 最后一车了,送货上门。"

　　厨房里,传出贺佳的声音:"培春,出去拣几只西瓜。"

　　"我不去!"培春回答得好生硬。

　　"姆妈,我去吧!"这是培洁的声音。

　　一阵喧嚷过后,楼房里又沉寂下来。老霍总觉得客厅里还有点啥声响,凝神听听,又辨不出来。他转回脸来,看到培峻仍然木木地坐着,

想起刚才沉默得久了,便又问:

"那么,你呢?"

"爸爸问啥?"

"工作了吗?"

"技校毕业之后,就工作了。"

"有几年工龄了?"

"十五年了。"

"算得一个老工人了。"

"还不是拿五十几块。"

"成家了吧?"

"小囡都四岁了。"

"叫啥名字?"

"霍远。"

"现在的小囡,都爱取单名。你老婆呢,姓什么?"

"叫申小佩。"

"做啥工作的?"

"同我一家厂,车工,三级工。"

老霍忽然觉得，要同这个儿子说话，比同培春说话更费劲。他的小名叫阿虎，可是，好像没有一点生龙活虎的样子。他姆妈死了，他成了家，有了小囡，夫妻俩工作，工资不高，但也决不至于困难。他来做啥呢？

　　老霍一不提问，屋里再次静寂下来。三五牌台钟在壁炉台上"嘀哒嘀哒"走着。和这个儿子，老霍确实没有多少话好讲。尤其是在这吃夜饭辰光来，弄得他好尴尬。留他吃夜饭好呢，还是不留好。不留嘛，讲不过去，父子之间十三年没来往了，儿子来探望父亲，父亲连顿饭也不留。留他嘛，夜饭桌上不会有人讲话的。贺佳和她的子女，对阿虎有一种天生的厌恶……

　　此刻，从老霍心里来说，为求太平起见，他倒是希望，阿虎有什么事，爽爽快快说出来，说完了就走，那最理想。

　　偏偏培峻像个阿木林，泥塑木雕一样坐着，不问他话，他就不答。连给他倒好的那一杯茉莉花茶,他也一口不喝。像他小时候一样,每次到这里来,他都显得拘束、手足无措。

老霍再次听到客厅里有一种声响,令人起疑的声响。"沙沙沙沙",什么声响呢?他环顾着偌大的客厅,围成大半圈的两整套全包手沙发,玻璃酒柜,壁炉台,角落里的电视机箱子,二十吋的索尼彩电,刷成蛋黄色的墙壁,大小四只茶几。屋里这些陈设都不可能发出声音的啊!

老霍皱起眉头来了,心里隐隐地有所不悦。他抬一下眼皮,察觉到培峻正瞅着他,忽又觉自己失态了,背脊朝沙发上一靠,开门见山地把话说出口了:

"阿虎,你今天来,有什么事吗?"

"噢,爸爸,没啥事情。"

"那你……"

"我来,是这样的,爸爸。"阿虎咽了一口唾沫,结结巴巴讲起来,"姆妈过世了,世道也太平了。申小佩是个独养女儿,她经常跟我唠叨,说休息天、节假日也没个亲属走动走动。我想，我想……再讲，申小佩也想见见爸爸……"

阿虎说得吞吞吐吐，隐隐约约，老霍还是听明白了。他虽是六十七岁的年龄，但头脑却依然十分灵敏。这么说，不仅仅是一顿夜饭的问题，而是经常往来、经常保持联系的事……从阿虎这个角度来讲，当然是合理合法的。儿子探望父亲，儿媳想见见阿公，这很自然。同住在上海，媳妇从未见过阿公、孙子从未见过爷爷的事，能找出几件来？

可对老霍来说，这确是一道难题："这件事嘛，阿虎，我跟你推开天窗说亮话，我一个人作不了主，还得跟他们商量商量。"他把"他们"两个字，特意加重了语气。

阿虎坐着不动，也不吭气。屋里又静下来。

老霍一下子站了起来，背着双手，装出踱步的样子，走到另一张三人沙发边上，朝沙发背后望去。他一眼就看到了，沙发背后的一只小凳上,搁着一只单声道的录音机。老霍几次听到的细微的"沙沙"声,就是它发出来的。他俯下身去,在键盘上按了一下。

差不多和他直起腰来的同时,阿虎也站起来了:

"那好吧,爸爸,我等你们商量的结果。我走了。"

儿子突然说走,老霍倒又有点过意不去了,尽管他巴望如此,他还是客气了一句:

"你在这儿吃夜饭吧!"

阿虎瞥了一眼落地钢窗外的小花园,外面已经黑下来了。夏天到这个时候不吃夜饭的人家,是很少的。很明显,厨房那边早已做好了饭菜,只是要等到阿虎走了再吃。

阿虎淡淡一笑:"不吃了,爸爸,我还要来呢!"

"你记下个电话号码吧,522722,好记得很!五两七两。下次来之前,先给我挂个电话。"老霍不再勉强留他，只关照他以后预先打招呼再上门。

阿虎疑惑地一展眉："爸爸不是退休了吗？"

"厂里是退休了。我还是天天到区工商界爱建公司去上班。"

"拿全工资吗？"

"不，拿退休工资，月票也是自费。"老霍怕他不断地细问，爽性一道告诉他。现在的年轻人，这方面的算计凶得很。

阿虎不解了："那又何必。乐得在家享享清福。"

"在家闲得慌，买菜、烧饭、洗衣、上地板蜡，我啥都不会。淘个米，贺佳还讲我淘不干净。不如出去。"老霍解嘲一般说。

阿虎也笑了一下："那……爸爸你保重身体，我去了。"

"不送不送。"老霍多年来挂在嘴头上的客气话自然而然漏出来了。

阿虎开了客厅的门，走了出去；出门后，他顺手把门带上了。老霍没听到他去跟贺佳或是其他人打招呼，是啊，他同他们的关系，形同路人一般。

老霍转过身来，一眼看到了茶几上那杯茉莉花茶，还在冒着缕缕热气。这么热的天，叫人家怎么喝得下去？家里又不是没有冰水，冲一杯桔子汁费什么劲？

老霍有点恼怒。门厅里培春高声喊着："吃夜饭了，吃夜饭了，我肚皮都饿瘪了。爹，吃夜饭了。"

搬回到法式花园楼房里之后，一切恢复老规矩，吃饭仍在客厅旁边的屋子里，老霍历来称它饭厅。不知为啥，其他人都不跟着他这么叫，还是叫房间。

一张红木八仙桌，放在饭厅中央，八仙桌下面的方凳，却不是原配的了，都是轻悠悠的木凳，一手提两只也不费劲的。

老霍入座之后,端起碗,拿上筷,其他人才动手吃饭。这点表面上的家规,老霍家还是维持着。这倒不是因为老霍有威信,而是多年来身教的结果。活到九十岁才过世的太太①还在时,她不入座,不动筷,老霍是决不会先在饭桌旁坐下的。尽管培春总斥之为"臭规矩",但他自己也老老实实按规矩做。

今晚上夜饭桌的,是老霍家六口人:老两口,老三培洁,老四培春,老五培静,老六培南。老大培华远在云南,老二培丽尚在新疆建设兵团。为避免坐成"乌龟桌"②,老霍和贺佳各占桌子一侧。女儿培洁、培静坐一侧,儿子培春、培南坐另一侧。

桌上的菜,照样很丰盛。过去,老霍有咪一

---

① 太太,即老霍的祖母。对老霍的子女来说,即曾祖母。上海、江浙一带,均称曾祖母为太太。

② 六个人吃饭,避免坐成双双对坐,一一对坐。上海人忌讳坐成这种"乌龟桌"。

点酒的嗜好，"文化大革命"中，酒戒了，但希望吃得好一点的嗜好，却改不了。如今条件一见好，每顿饭不少于十个菜的规矩自然也恢复了。其实老霍不是好吃之徒，他的筷头很细，一顿饭下来，每个菜至多动三、五筷子。但菜的样式一少，他这顿饭就吃得不舒服。

都是普普通通的家常菜：咸菜肉丝、清炒毛豆子、豇豆、虾米冬瓜、肉松、松花蛋、咸鸭蛋、炒蕹菜、凉拌茄子、糖醋黄瓜、油煸灯笼辣椒，由卷心菜、洋葱、胡萝卜、土豆、蕃茄、牛肉烧成的罗宋汤，盛在大汤盆里，照例放在桌中央，也最受人欢迎。这是老霍久吃不倒胃口的菜。

贺佳是晓得老霍的口味的，夏季的菜肴，要求清淡、爽口、不腻、鲜嫩。但老霍今天没有食欲，阿虎的来访、长沙发后面那只录音机，使他心头不悦。

"搞啥名堂呢？"

家庭里都出"克格勃"了。

不过,老霍自来就有极好的涵养功夫,喜怒不形于色。在外头出了天大的事,受了天大的冤屈,回到家里,他都能笑吟吟地说话,甚至开点玩笑。"文化大革命"前,给子女们买回的书上,他们订的杂志上,常有资本家残酷剥削工人的文章。老大培华有一次拿了本《吸血鬼资本家》递给爹爹,说:

　　"爹爹,你和他们中的哪一个相像?"

　　"嗯,"老霍沉吟着,审视地望着大儿子,反问道,"哪能啦?"

　　"我看来看去,都和爹爹不像。"老大照实说,"可我的同学跟我说,你只是在家里和蔼可亲,解放前在厂里,对工人肯定是凶神恶煞的。要不,你哪能会有这么多钱? 他们还说,还说……这些钱都是工人的血汗……"

　　"这是哪个同学讲的?"老霍有点紧张了,硬着头皮问。

　　培华起先不肯讲,后来才说,是团小组里的

人讲的。那年培华十四岁,读初二了。老霍默默地翻着那本薄薄的小册子,里面写了十几个资本家的剥削史,其中多数人,老霍还认识。当然,书中写的,绝大多数是事实,结论也是正确的,但儿子把他和画面上那些肥头大耳、满身是膘的形象联系起来,他仍有些不悦,他只好这样回答儿子:

"做生意各有各的做法,就资本家的本性来讲,是赚钱,是唯利是图。具体的做法上,爹爹和这本书里写的一些人,是不同的。"

培华当时将信将疑的眼神,老霍一辈子也忘不了。

贺佳在旁边看出来了,唠唠叨叨对培华说:"你爹爹同工人关系蛮好的。不信你去问问他厂里那些老工人,最高工资一百七十元,是哪个给他们定的?都是你爹爹……"

"跟孩子讲这些干什么?"老霍打断了贺佳的话,他觉得没有必要。他也相信,随着年龄的增长,培华会对自己的父亲,有个正确的认识。可惜,事与愿违啊!老霍的子女,一个也没如老霍指望的那样。相反,一个个变得老霍都难以理解。今天的事情,就是一个证明。

老霍不说话;贺佳的牙齿不好,喜欢喝粥,她喝粥时一般不讲话。儿女们见爹妈都不说话,也就只管闷头吃饭。饭桌上更静了。老霍觉得这样不好,太没点儿家庭气氛了,他暂时排开那些烦躁的事情,拣了一颗毛豆子,咀嚼着说:

"今天倒新鲜,一号里的梅枝阿姨,叫起我'霍先生'来了!"

"要她叫倒霉了!"培春气冲冲地说,"六六年抄家时,她最起劲,跳上跳下,整幢楼房里全是她的声音。"

"还不是看到楼房还了,存款、现金全还我家了,爹爹又有地位了!"从云南插队返沪的培静跟着说。

"让她去叫嘛,随便她叫什么,有啥关系!"最小的儿子培南特别豁达,对一切事物都无所谓。

小儿子一讲话,老霍想起来了,今天是高考的头一天,培南进了一天考场。一进家碰到了阿虎,竟然忘了问他考得怎么样。

"还是南南讲得对,随人家喊什么,肚皮里有数就算了。"贺佳搁下筷子,表示她吃完了,她的饭量极小,夜饭往往是一碗粥。一搁筷子,她的谈兴就来了:"人家大小是个小组长。"

"'文化大革命'中,部长一天也打倒好几个呢!"培春对当官的十分蔑视,说出话来没轻没重的。

"培静回上海,她多少帮着说了点好话哩!"

"当初动员人家去,她也最起劲。"培春对梅枝阿姨像有仇恨似的,"我看啊,也许她背后讲的全是坏话呢!"

"我回上海来,是按政策,又不是凭她说了

算!"培静也不领这个人的情,"想起她'文革'初期那副嘴脸,我隔夜饭也要呕出来。"

"听定毅哥哥说,那时候他来借一辆自行车,到复旦大学去看大字报。推自行车出弄堂时,被守在弄堂口的梅枝看到了。事后,工宣队内查外调,调查到定毅哥哥头上去了。怀疑定毅哥哥为我家转移金银财宝。"培南也参加进来了。

哦,十年的"文化大革命",在子女们的心灵上留下了多少东西啊!培南讲的这件事,老霍还依稀有记忆,确实,当初就是这么怀疑的,厂里的造反派,还气势汹汹逼问过老霍呢!培南讲的定毅哥哥,是贺佳妹妹的一个儿子,现在是个非常有出息的青年画家。其实,老霍心头何尝不清楚呢,六六年八月份头一次抄家,厂里派来的都是老工人,也就是老霍当年办厂时招来的工人,他们来抄家时,确实太文了。在家里抽了烟、喝了茶,老霍把事先已经清理好的金银珠宝、现金存折全部交给他们。他们如数清点,按规矩开出清单一式三份,一份交居委会转街道办事处,一份交老霍本人,一份交厂里。完了之后,老霍夫妇,还把一行人送到弄堂口的五轮卡车上。其中有几个老工人,有点不好意思,在老霍家的客厅里,一再说明,这是奉命行事。带队的那个,还是车间里的党支部副书记,连他也带点歉意地让老霍郑重保管好清单:"说不定,过几年又要还的。"他竟然还说出这句话。

所有这一切,陪同的梅枝阿姨全看到、全听见了。她有革命警惕性,全部如实汇报了。于是便招来了第二次抄家。"革命造反派"开来两卡车人,把家里值点钱的东西,全部搬走了。唯一留下的,是那张红木八仙桌。这次抄家没通知老霍,所有的东西加起来,也不足一万元。加上第一次抄的,据说和"革命造反派"清算出的剥削账,还相差一万八九千元。于是,"革命造反派"硬说这一万八九千元是让老霍转移了,转移到亲戚朋友家,转移到阴暗角落里去了,要跟踪追击，要狠挖猛追。定毅的事儿，就是在这个风头上发生的。当时，不管贺佳怎么为自己的妹妹辩护，说她是职工，是知识分子，说妹妹的儿子是红卫兵，不应怀疑他们。"革命造反派"怎么会信呢，一再追查一万八九千元的去向。老霍扳着指头跟他们算，亲戚、朋友间的礼尚往来，各种各样的宴席，穿坏了的高档服装，毕竟是几十年的开销啊，一万八九千元不算多。这么一算，才停止了这一追查。孩子们可能全不晓得这一切背景，他们只晓得梅枝阿姨在里弄里大惊小怪地放风，讲老霍腐蚀收买老工人，讲老霍家这么大排场，绝不止这一点点财产……为此，他们对梅枝阿姨有怨气，瞧不起她。

"这样讲邻居，不作兴的。"老霍发表看法了，"人嘛，要讲互敬互重。要相信人家不一定有坏心。"

老霍有很多这样的"要相信"，培春在私底下称它为"陈词滥调"。当面，他是不会说的，只用迂回战术：

24

"你什么都相信。人家相信你吗?"

"你同爹爹讲话,总像公牛斗架,眼乌子凸出,不会好好说嘛!"贺佳口头上在责备培春,实际上她最疼爱这个儿子。

老霍朝培春笑笑:"培春,你的不相信,也是一种'相信'。这样吧,我们父子之间来个和平共处五项原则,第一项就是互不干涉内政……"

培南笑了。

培静在冷笑。

培洁始终不吭气。

培春当然也明白了,这是爹爹决不同意他的看法的表示。爹爹讲话,一向是含蓄的。他不想顶撞,用汤勺舀了半碗罗宋汤,牛喝水一样喝起来。贺佳用筷子敲了一下碗沿:

"慢一点,我的大少爷①。"

————————

① 大少爷,是上海话中对只吃饭不做家务的男孩子的诮称。不一定指老大。

老霍觉得话已点到了，便不再望培春，两眼瞅着培南：

"南南，进考场紧张吗？"

"好紧张噢，有一个女生考到一半昏过去了，用救护车送进医院。考场四周，不断有人用喷雾器打药水，清新空气。'嗤嗤嗤'，好玩得很！"

南南鼓起腮，学着打药水的样子，逗得满桌人都笑起来。南南十八岁了，说起话来还是满嘴稚气。家里人不论观点怎么不一致，不论互相之间有啥意见，讲起南南来，总是充满着温情。他和爹爹姆妈、和任何一个哥哥姐姐，都非常友好。当他们发生争执时，他又非常随和。家里人，谁都不会对他发脾气。比他大十多岁的培春，一有空就要教训他，他总是洗耳恭听，不管春哥说的话多么难听，他还是笑眯眯的。好几次，老霍在一旁都听不下去了，南南还是笑呵呵的，末了，最多说一句："春哥，你讲爹爹的话都是陈词滥调,你听不进。你的高论啊,我也不敢苟同,允许吗?"

你看他,明明不同意,还征求哥哥的意见。这一点倒是活脱像老霍,温文尔雅,彬彬有礼,从不打人,从不骂人,从不面红耳赤地和人争吵。

不单是因为南南态度温和,也不单是因为南南相貌堂堂(高达一米七九的身材,居全家最高)。全家爱护南南,恐怕是由于他最小,享的福最少,然而,却十分懂事的缘故。南南生在六二年六月,四五岁的时候,家境陡然贫困下来,一过就是十年。眼看今年家庭缓过气来了,他却已高中毕业,参加高考了。谁都知道,凭南南的成绩,进大学是稳的。一进大学,就要住宿,过寒窗生活。大学毕业,就要踏上社会,走向生活。要过像家里这样好条件的日子,恐怕南南奋斗一辈子也难达到。填写志愿的时候,培洁叮嘱他:"南南,你的第一志愿、第二志愿,一定要填上海。千万勿要到外地去读大学,免得毕业之后分不回来。"

"洁姐姐,我考虑考虑。"

"不是考虑考虑,是非填上海不可。"

"好嘛! 我看情况定。"

"你是没去过外地,勿要想入非非、太浪漫主义了!"培春也劝他,"我们去过的,都是过来人,上当上足了!"

"是呵,我也看到了。"南南回答春哥。

培静也对南南说:"弟弟(家里唯有她叫培南弟弟,也许是两人年龄接近,关系也最好),你看一号里的冬冬,明明成绩很好,不报考大学,只考中专技校,为啥呀?"

"他想留在上海吧!"南南心头很清楚,"中专技校全是局办的,毕业后都分在上海。"

"他的门槛真精,真聪明。"培静先赞扬冬冬,尔后又杀回马枪,"其实你也可以这样,把命运掌握在自己手里。"

"是的,小姐姐,把命运掌握在自己手里。"南南完全赞同,"不过各人理解不同。我不学冬冬,亏他还是干部子弟哩!"

这最后一句话里听得出南南的观点。当培静把这一切如实向老霍汇报时,老霍颇有自知之明地作出了决定,对南南的未来,他不用自己的观点去影响他。只有贺佳不甘心,还用遥控方法,通过远在云南和新疆的培春、培丽写信回来,劝南南设法留在上海,不要考大学,考中专技校算了。好像南南也都回了信,但他仍然报考了大学。

"你的题目都做出了吗?"老霍微微含笑地问南南。

"做当然都做出的,肯定有对也有错。"

培春不高兴地说:"废话!"

"不过我有把握,保证能上起分线。"

"弟弟不要骄傲,还要考两天呢!"

"我看啊,你考试的时候,一会儿看女生昏

过去，一会儿学人家打喷雾器的样，肯定考不取。"

老霍这句话一讲完，全家人都哄笑起来。南南笑得最响亮。

"要考不取，那真是拜天拜地了！"贺佳笑毕说。

老霍半开玩笑地望着老伴："有你这种做姆妈的，唯愿儿子考不取。"

"我是怕他到外地去吃苦。"贺佳辩解说。

"我也想留在上海啊，姆妈。"南南撒娇一般对贺佳说，"只是我都十八岁了。美国十八岁的青年，都在社会上自立了。"

贺佳白了小儿子一眼："我们是中国人。"

"姆妈，你不要生气。"南南讨起饶来了，满脸堆着笑，"你急啥呢，春哥、小姐姐已经回来了。过两天，大姐姐和姐夫，还有三个小宝贝，都要回来，家里足够你热闹的了。"

七八年底，刮过回城风之后，新疆知识青年

回沪的越来越多。前段听说，政策有所松动，父母有退休名额的已婚的支疆青年，也可顶替。为此，贺佳本来想让培静顶替的位置，专门留给了培丽，而老霍退休的位置，本来是让培春顶替的，临时变动给了培静。因为培静是六九届初中生，没有顶替，只好进里弄生产组工作。而培春呢，本来是饮食行业的六八届中专技校毕业生，由黑龙江农场回沪之后，不管有无顶替，都要按原学的专业分配的。

这一调整，是一次饭后，老霍在饭桌上宣布的。培春和老霍的矛盾，也是由此引起的。从那以后，培春对培静、对老霍一肚子意见，他甚至不同培静讲话了。要是他顶替老霍进了厂，就不必去吃油水饭。而现在，培静占了爹爹的位置，他被分到一家中流饭店里当服务员。三十出头的人，工资低且不说，整天给人抹桌子、端饭碗，他实在高兴不起来。

贺佳讲起培丽一家要回来，老霍又想起了

这些令人心烦的关系,他把饭碗往前面稍稍一推说:

"回来后,这幢楼房里倒真要热闹了!"

说完,不待人接嘴,离开桌子走出了饭厅,往二楼上走去。

一顿夜饭,算吃完了。

2

从二楼正厅的窗户望出去,夜空是一片暗红色,甚是悦目。隐约可见一颗闪烁的星星,不时地眨着眼睛。那不是天上的星星,是电视塔上的一盏红灯。

老霍根据它所在的位置,一眼就判断出来了。

在洁白的浴缸里洗了澡,培静用托盘端上来几块西瓜。老霍吃了两块,留下三块给贺佳。他揩过手,端一把靠背藤椅,面对着敞开的落地钢窗乘风凉。贺佳在卫生间里开洗衣机,"卡隆卡隆"的响声不时传过来。

"爹爹，我回去了。"门口飘进来一个温顺轻柔的声音。

老霍转过脸去，搁在小板凳上的双脚急忙伸进轻便拖鞋。因为怕蚊子飞进来，正厅里没开灯，老霍看不清培洁的脸色。他搭讪着问：

"西瓜吃过了吗？"

"吃了，爹爹。"

"进来坐一坐吧，培洁。"

轻轻的脚步声踏在打蜡的地板上，一步步走进来。培洁拉过一张靠背椅，在老霍跟前坐下。

老霍家的子女，一个个虽不健壮，但都长得像模像样的。男的英俊，女的漂亮。其中最美的，要数培洁了。修长的身材，飘逸的步姿，白皙的皮肤活脱像她母亲。她中学快毕业时，电影厂的演员剧团，要招她去。说她学好了，准定是个很有性格的演员。无奈老霍夫妇不赞同，他们对电影演员,还有一种旧社会承袭下来的看法。而培洁也没去积极争取,后来进了大学。

"爹爹,你还是七进七出①吗?"培洁瞅了一眼老霍,柔声问。

"嗯,总还想干点儿事情呀。说实话。现在要做点事情,真难。"老霍有些感慨,"你们学校里呢,快考试了吧?"

"过一个礼拜就考。"

"兆雄呢?"

"他们学校也差不多。"

女儿和女婿,大学里读的是中文系,毕业后都分在上海教中学。

"放了假,叫兆雄来玩。带着晶晶一起来。"

"我一定让兆雄来。"

"跟他说,过去的事,过去就算了,不必记在

---

① 七进七出,指晚七点钟回家,早七点钟出门上班,形容忙的意思。

心头，我也不是那种人，人生哪有这么多记恨的事。要相信，人与人之间的心灵，是能相互谅解的。"

"谢谢爹爹。"

"我这又是陈词滥调了。"

"培春他不懂事，又有情绪，爹爹也不要怪他。"

"我不和他一般见识。我只是气他，到外头去闹革命，闹了十年回来，反倒愈来愈没出息了。"

"那是十年动乱，又在农场里，吃没好好吃，穿没好好穿，学也没好好学。"培洁一边说话，一边回头朝卫生间那面望望，她怕姆妈听见议论培春而不高兴，"怪不得他。"

"话不能那么讲，你姨妈家的定毅，插队落户，比他要苦得多。人家怎么那样有出息。"

"爹爹。"培洁笑了，"不可能人人都像定毅。"

这倒也确实。定毅年纪轻轻,作出的画,已经在海外展出,深受国内外欢迎。老霍沉默了片刻,接着说:

　　"我倒不是说他该像定毅一样,但总得给自己选定个目标吧。你看他,荡来荡去,无所事事,算啥腔调?"

　　"处在培春的地位,也难啊,爹爹。"

　　"所以他更该努力。靠自己努力。他还等什么呢?"

　　"爹爹不要动气,身体要紧。"

　　老霍决不是动气,他只是怨。生下三个儿子,他指望他们个个混出个人样来。培华和南南,大致还讲得过去。独有培春,太令他失望。老霍有重男轻女思想,这一点,在子女们面前,他也不隐瞒。女儿们怎么样,他无所谓。但儿子,非要有点出息,才称他的心。

　　培洁又坐了一会儿,告辞离去了。老霍重新把双脚从拖鞋里抽出来,搁在藤椅前的小板

36

凳上,这要舒服得多。他往椅背上一靠,头枕在藤沿上,昂首望着没有月亮、也没有星星的夜空。习习微风从花园里吹来,很是惬意。虽说进了暑,但今晚上不算热。只是老霍的心头,觉得有些郁闷罢了。他仿佛感到,柔弱温顺的培洁,还坐在身旁似的。

培洁在师范大学里,和聂兆雄相爱了。聂兆雄的父亲聂振农,是上海一个局级干部。他俩大学毕业时,聂振农还在"牛棚"里,培洁就嫁过去了。当时贺佳不大愿意,劝正当妙龄的女儿稍等一等,看看聂振农的情况再说。培洁回答说:

"我是嫁给聂兆雄,又不是嫁给他老头子。"

为此,老霍责备贺佳:"看看,你这是狗拿耗子,多管闲事吧!"

婚后,聂振农的境况好起来。先是由"牛棚"转到干校,"九一三"事件之后,又结合到局里当了一名副主任，名列局里的第六把手。反正大小是个官，不管有权无权，总能混日子。七四年搞批林批孔，市委的马、徐、王①叫嚷要像"一月革命风暴"那样，搞得轰轰烈烈，掀起"文化大革命"的第二个高潮。聂振农带了一个工作组，到老霍所在的鸿光厂领导运动来了。按照以往的经验，一搞运动，先造声势，揪斗"死老虎"。老霍是"反动资本家"、"狗特务"、"孔老二的孝子贤孙"三顶帽子俱全的"牛鬼蛇神"，当然在被揪之列，没啥可客气的。

　　老霍是个识相人，明知亲家是工作组组长，表现得格外的老实。造反派要是说屁是香的，他决不说是臭的。他怕被判定为不老实，查根究底，查到亲家头上去，影响了亲家的宦途。那时候，老霍早已经三易其位。从"文革"前的鸿

_____

　　① "四人帮"安插在上海的死党马天水、徐景贤、王秀珍。现均已判刑。

光厂生产副厂长，贬到财务科帮助算账；从财务科算账，又贬到食堂当帮手；从食堂的帮手，再贬到仓库当勤杂工。

理由都是极简单的。赶他到财务科去时，造反派叫嚷：反动资本家怎么可以领导工人阶级？其实从五六年公私合营，到六六年"文化革命"，老霍当过十年副厂长了。赶他到食堂当帮手时，说是因为有人反映，反动资本家不能掌握财经大权。其实老霍经手的，都不过是些现金的账目。赶他出食堂时，说的就更吓人了：不能让"狗特务"、"反动资本家"钻在食堂里，他要搞起反革命报复来，下了毒，全厂几千工人都要受害。这话传到老霍耳朵里，吓得他连食堂门也不敢进了。

到一九七四年时，老霍在仓库当勤杂工，已经有两年零三个月了。拣拣螺丝帽，扛扛小箱子，扫扫地，冬天晒晒太阳，一边干轻松活，一边和仓库主任聊天。仓库主任是老霍兴办鸿光厂时招工进来的,工资一百三十块。他是七级工,其中三十元是保留工资。说真话,这是老霍给他定的工资。为此,他一辈子感激老霍。喝了二两烧酒,他还跟仓库里的小青年吹嘘:"你们做一辈子,也别想拿一百三十多。可我二十几岁,就赚一百三十多块了,眼红吗?"

听了这番话,仓库里的小青年们说,多得多劳,少得少劳,他们都拿三十六块,每天只干两小时的活就行了。其实,他们连两小时也干不到,就铺开象棋盘,杀起来了;要不就是"争上游。"

仓库主任也无法,只好和老霍两个人慢吞吞地干活。好在仓库里事儿并不多,两个老头儿也挺安闲。

而那时,老霍的月工资,只有十五块。先是从生产副厂长的五百七十块,变为"反动资本家"的六十块。清理阶级队伍时,老霍又成了"狗特务"一下降格成只配领生活费,日子相当难过。

过惯了阔绰的生活，一下子变成靠每月十五块打发日子，老霍心里冤屈，不是语言可以形容的。但在和仓库主任相处时，多少有些流露。仓库主任同情他，时常讲点安慰话；到食堂去打菜，常常多打一份，拿回来请老霍共尝。这些细枝末节，平时没人在意。一搞批林批孔运动，仓库那些热衷于闹革命的小青年，都追忆起来了。于是，一份份的汇报材料就报到了工作组。

工作组拿到这些对"文化大革命"有仇恨的材料，老霍在仓库的太平日子结束了。被批、被斗不算，批斗完了，还被指派去清扫厂里的大小厕所。仓库主任也因"敌我不分"被批了几句，然后，撤了职。

老霍挨了整，还在为亲家着想：他虽是局级副主任，也不能左右形势。鸿光厂是厅局级的大厂，"文革"前的党委书记、厂长，都是十一、十二级干部。厂革委、造反派按照形势报上去的材料，聂振农敢否定、更改吗？他也是没办法嘛。

　　后来老霍才知道，他把亲家想象得太富人情味了。据说聂振农因为在鸿光厂搞批林批孔有成绩，得到市委领导的好评，不多久，这位亲家就升了官，当上了市革委工交办的头头。

　　好像是给这件事情做注解似的，每月按惯例要来岳父岳母家一次的聂兆雄，从此以后不上门了。培洁隔三四个月来一次，也是偷偷摸摸的，要么坐在那里不吭气，要么陪着贺佳垂泪。她也决不带外公喜欢的晶晶过来。

　　贺佳一见培洁来，就要发牢骚，专门讲给女儿听：

　　"聂振农算啥个高干呀？没有魂灵的高干，整起亲家来了，这就叫本事啊！整人的本事。你回去告诉他，你爹爹解放前帮新四军做过事情的，买手铐，输送技术工人到解放区去，冒风险、担惊受怕，这些，他聂振农知道吗？……"

　　在那种情况下，儿女亲家的关系，自然而然

42

断绝了。

"四人帮"垮台了，消息传到上海不到两星期，记得好像就是十月中旬的一个阴冷的清晨吧，培洁惊慌失措地敲开了老霍家的门：

"爹爹，爹爹，不好了，你、你快去看……"

老霍胆战心惊地瞅着培洁苍白的脸，揉着眼睑问：

"到底出啥事情了？"

"晶晶她爷爷，跳楼啦！"

"啊！"这真是大出所料，老霍当即随女儿到了聂家所住的那条弄堂。聂振农硕大的头颅砸在水泥地上，殷红的鲜血和粘白的脑浆流了一地，身子半屈着，倒在地上。他就这样结束了自己的性命。

消息传到鸿光厂，鸿光厂工人说，聂振农是受良心谴责，感到对不起老霍，没脸皮见人，才跳楼自杀的。

老霍不相信，也不解释。

半年之后，培洁才晓得，七六年批邓时，聂振农出卖了另一个亲家公——他女儿的阿公。这位阿公，不像老霍是个资本家，而是他当年的老战友。致使这位老战友被整得终身瘫痪，只能靠轮椅行走。为此，女婿和他女儿离了婚。"四人帮"倒台了，女儿怪罪聂振农，聂振农受不了这样的良心谴责，走上了绝路。

　　"阿弥陀佛！"贺佳听了这一事实，连声惊呼。

　　老霍却只淡淡说了一句："看来，我光是扫扫厕所，闻闻臭气，皮肉没受罪，还是有福之人。"

　　私下，他是感慨万千：权欲使人堕落。他心里清楚，聂振农是认定他所投靠的势力完蛋了，这才是他自杀更主要的原因。那几天，老霍一再重复着他的"陈词滥调"："要相信，权力只是暗示着责任和义务；谁对权力有非分之想，谁就注定了要落个身败名裂。"

那时候，培春还没回上海，而在上海的贺佳、培洁、南南，对老霍的话向来是不加反对的。

为这一段往事，聂兆雄再没到老霍这儿来过，无论是老霍搬家之前还是搬家之后。久而久之，反倒引得老霍不安了：兆雄不该这样嘛，他父亲是他父亲，他是他嘛，难道我连这点也分不清爽。

好在，培洁近来是常常来娘家了。是嘛，十年动乱，造成了多少伤痕，留下了多少裂纹，随着岁月的流逝，总该慢慢愈合、渐渐熨平，把人与人之间心灵上拉开的距离，重新拢近来。

"想什么呀？"不知啥时候，贺佳走到了身后，"你知道，培洁今天为啥来吗？"

老霍陷入沉思之中，没注意到洗衣机停下已好久了。正厅里显得静谧而安宁。这间屋子不像隔壁前房，面临弄堂，有过路人的说话声、脚步声、自行车铃声，正厅里什么声响都听不见，坐久了会有一种静得发慌的感觉。哦，这是一个令人沉思的夏夜。

老霍微微侧过脸去,漫不经心地说:"女儿探望父母亲,还有名堂吗?"

"培洁提出来了,"贺佳在培洁刚才坐过的位置上坐下,放低了嗓音说,"兆雄的弟弟要结婚,提出要同哥哥对半分房子。他们三口人,住着十六平方米一间房,对半一分,只有八平方米了。培洁愁得困觉不安,吃饭不香。暖,都怪她,当年不听我的……"

"你答应她了?"老霍不要听贺佳讲懊悔的话,截住了话头问。

"我能答应她吗?"贺佳反问一声,"家里的大事,哪件不是你做主?"

老霍的眼睑垂下来,望着割出去的那三分之二的花园地。路灯的光影里,已属于房管所的花园地里,堆着白色的粗砂、黄色的细沙,和几块不知做啥用的预制板。上海的住房紧张,使得房管所变成了一个瞩目的显贵部门,倒是

46

一点不奇怪的。

"那你是怎么回答她的?"

"我说和你商量之后答复她。"

"这是推诿之词吗?"

"一半是吧。"

"我看,三口人住八个平方米,忒紧了。噢,你吃西瓜吧,蛮甜的。"老霍想起了什么似的,指一指托盘里的西瓜,继续说,"她要住回家来,让她来吗?"

"我哪能吃得下这么多,"贺佳瞧着托盘里三块红瓤瓜,说,"你吃点吧。"

"我吃过了。"

"就算陪我再吃一块。"

贺佳拿了一块西瓜,递过来了。老霍不再谦让,接过瓜来。他明晓得贺佳胃不好,至多只能吃两块瓜,留下三块,就是想等她来时陪她吃的。几十年来,老两口相敬如宾,和睦共处,要不是雪琴这件事夹在里面,真可以讲是世界上最美满的姻缘了。

贺佳吃瓜几乎没啥声响,咀嚼起来亦不露齿,真正地在那里品尝滋味。她的胃不好,牙齿不好,吃点东西,总像受罪。她吃了一块瓜,一边拿过湿毛巾揩手,一边压低了嗓音说:

"我劝你再想想。培洁住在外头,一星期来次把,总是客客气气的;住回来之后,天天见面,就不一样了,聂兆雄也真精,不想想他父亲当年怎么整你,让培洁来提这种要求。真好意思提得出来。"

"也许,这是培洁的意思呢?"

"那我也不赞成。有困难,让聂兆雄想办法解决。他自己的老头子翘辫子了,没靠山了,就来靠我们。我们也不是那么好靠的。你想想,培洁住回来,如果培丽再从新疆回来,一大家子十几口人,都要我烧饭给他们吃,我身体吃得消吗?再讲住房,现在还蛮宽绰,培春、培静、南南将来办事情还不愁,他们一住回来,住房立刻就紧张起来。恐怕兄妹之间的关系……依我看，该硬一硬心肠的地方，还得硬硬心肠，不要因小失大。"

"嗯。"贺佳的一番话，倒使一件极简单的事情，变得复杂起来了。老霍把吃剩的瓜皮往托盘里一放，顾不上揩手，脸一仰，思忖起来。

现在的这幢法式花园楼房，外人看起来是相当宽敞的了。究其实，楼房里的房间也不多。底层是客厅、饭厅、后房、厨房间，二层楼楼梯上来，楼道左侧是前房间、后房间，楼道右侧是正厅、后厅。前房后房之间、正厅后厅之间，都有浴间。三层楼是两间沿屋面倾斜的阁楼，两间阁楼之间，像底层楼梯脚下的卫生间一样，只有抽水马桶，没有浴缸。目前，底楼的后房间培春住着，本来南南和他一起睡，由于高考，南南温课温得晚，搬到二层的后厅来睡了。培静住着二楼的前房间，一间二十平方米的朝南房。看他的样子，将来结婚成家都要在这儿了。实际上空出来的房间,就二楼后房一间。三层阁楼过去是佣人住的,提议让哪个上去住,恐怕都不合适。

"你想嘛,培洁要住回来,只有住在二楼后房间,这间房只有十二平方米。噢,让一家三口的女儿女婿住十二平方米,没有成家的儿子、女儿却住十八、二十平方米的房间,讲得过去吗?"贺佳见老霍久未开腔,又低声申述着自己的理由。

老霍征询地瞅着贺佳:"让南南和培洁换一换,南南不会反对吧?"

"南南不会反对的。平时讲起聂家的事,他总说,姐姐总是姐姐。可是这么一住,才叫好呢,我们住正厅,他们住后厅,天天碰头。不晓得你怎么样,反正我一看见聂兆雄,就觉得'触气'!"

"我倒无所谓。"

"只有你那么宽宏大量,人家逼得你扫了两

年多厕所呢！你又忘了。"

老霍笑了："不是聂振农当工作组长，换一个人，我也要扫厕所。"

"我看不一定。"贺佳的语气已经有点生硬了，"真让他们住回来，房间住满了，培丽一家回来怎么办？乡下的亲戚朋友来住夜怎么办？培华一家回来探亲住哪里去？"

办法总会有的。老霍几乎要脱口而出，但他没说出口。对培洁回来这件事，贺佳的态度已经十分明朗，他要再坚持，就不恰当了。

贺佳虽已年近六十，但看上去只有五十来岁。她的风度，她那温静和蔼的气质，以及那白皙的皮肤，实在无可挑剔。年轻时，她皮肤的白净是老霍那个圈里的太太们羡慕不已的。好些人，还私底下悄悄地来打听，霍太太保护皮肤，有什么秘方。贺佳总会自豪地笑道："哈，这是天生的。皮肤这东西，愈是去整它，愈容易见老。"

由于贺佳的修养和风韵，由于她明净的大眼睛和温静的笑，贺佳无论在社会上，在家庭里，还是在她上班当会计师的工厂里，她给人的印象总是柔顺、体贴和易于亲近。

而事实上，贺佳在这个家庭里的地位，是决不次于老霍的。这一点，老霍心里清楚，子女们凭感觉，也都很清楚。只是谁都不说出来罢了。

"哪能啦?"老霍不说话，贺佳又催着他表态了，"你得有个态度啊!"

老霍把手一摆："那就拖一拖吧!"

怎么拖，怎么措词对女儿说，老霍是不必担心的，贺佳自会说得十分妥帖。

"这个难人，就由我来当吧!"贺佳心甘情愿地把任务承担下来。接着，她又出其不意地提出一个问题，"嗳，今天阿虎来，要做啥?"

可以说，从阿虎夜饭前离去，老霍就在预备回答贺佳的问题。但贺佳在这时候提出来，老霍仍觉有些突然。这是他俩之间最敏感的一个

话题。老霍的神经顿时紧张起来,他尽量用平静的口气,像聊家常一般说:

"雪琴死了,阿虎成了家,有小囡了。他的老婆是独养女儿,感到寂寞,提出要同我们之间走动走动。"

"你答应了?"贺佳的声音很低,但能听出,语气有些紧张。

"同你一样,我一个人怎么能答应,总要和家里商量商量嘛。"

"商量什么? 有啥可走动的? 依我看,提出走动是假……"

"假?"

"两只眼睛盯牢你的财产是真。"

"财产?"

"还不明白吗? 房子还了,存折还了,现钞还了。好几十万,阿虎会不晓得?"

"我现在身体好好的呀!"

"啥人讲你身体不好呀!"贺佳的口气有点

不耐烦了，"不是你讲的嘛，你那些朋友，拿到还来的钱，都只当是重新拾到的，留下一点养老的之外，全都分给了子女，人人头上有一份。"

"这倒是真的。"

"拿到还来钱的人家，差不多家家如此，上海滩都传遍了，阿虎会不晓得？"

"嗯。"

"越活越糊涂了。跟你讲，培丽一封一封信，三番五次地说要回来；培洁说要回家来住；培春、培静摆出一副要在家里结婚的面孔。找出的那些理由，统统是嘴头上讲讲的，心眼里，他们都等着你分钱呢？"

贺佳把话赤裸裸地说了出来，老霍不由大吃一惊。他哼出的声气，几乎是有气无力的：

"噢……"

"还将信将疑吗？你以为他们都来孝顺你了？你满以为，日子好过了，世道太平了，一大家子人热热闹闹，该共享天伦之乐了？勿要憨了！你扫厕所时,那么苦,最需要安慰了,培洁为啥三四个月才回一次家？六六年被抄了家,家里六神无主,多需要个人回来叙一叙,培华、培丽为啥一个不回来？还有你这个阿虎,为啥到鸿光厂贴大字报,声明和你划清界限？你想想吧！君子之心,难度小人之腹。我困觉去了！"

老霍只觉得满脑子一片混沌,耳朵里像万只蜜蜂嗡鸣,眼前一片昏花。他张口结舌,一句话也讲不出来了,浑身酥软地瘫在藤椅上。

从楼下花园里,传来蝈蝈和蟋蟀的鸣叫,一声声悠长而凄厉。弄堂里的路灯像熄了,花园里一片漆黑。

老霍只觉得第一次被揪到全厂几千人大会上去批斗之前的那种恐怖,莫名其妙地袭了上来,他惊骇地闭上了眼睛。

"看来,钱是肯定要还了。现在有个问题,

六一年我主动放弃的定息,照政策,只要本人提出,也照还不误。我该不该要呢?"

这是老霍在家庭会议上,郑重其事地征求子女们的意见。中共中央统战部长乌兰夫,代表中央宣布,"文革"中的抄家物资要还;"文革"前,资本家响应党的号召,主动放弃的定息,如本人提出再要,也予发还。老霍想到十几年来受到的冤屈和苦难,想要回这笔钱,但面子上,又有点讲不出去,为此,想听听孩子们怎么说。

"当然要啰!"培静第一个表态,"我们现在求爹告娘要个工作,想进全民单位,为来为去,不就是为多挣点钱。"

南南赞同小姐姐的意见:"可以要的,为啥不要呢? 我听人讲,工厂里为加五块钱工资,打破头的都有呢。"

特地被请来开家庭会的培洁也轻声说:"爹爹,开声口,拿一大笔钱,要吧。"

"不要才憨呐,上当上得还不够吗? 要回

来,分到我们每人头上,也能分个万把块钱。"培春讲得最直最露,"我请几天病假,还得算算扣几铆奖金呢!"

子女们的意见是一面倒的;贺佳的心思老霍清楚。于是,老霍在发来的调查表中,关于主动放弃定息那一栏里,填了一个字:"要"。

还来的钱,比原先多出了好几万。当初,老霍觉得事情简单极了。现在看来,全不是那么回事啊!大概,那个时候,子女们就想到分钱了吧。而且,贺佳就是在那时,看出了他们的心思的吧。

老霍近年来由于心情舒畅,忙得昏头昏脑,竟然会忽视了这个问题,真该死!

……
　黄昏来临,
　我亲爱的,
　不要痛苦地思念我;
　为了使你自由生活,

我曾默默地离开你，
时刻怀念，我心已碎，
往事渺然不复回；
……

从楼下后房间，传来奥列德的歌曲，像在悠悠地低诉，哀婉、凄切。培春怎么还不睡，还在听四个喇叭的收录机？这是钱还来之后，培春提出买的第一样东西，花了九百多块。南南为考大学，抓紧温课，是不听磁带的。培静与培春不讲话，从来不去摸录音机。培春把它提在自己房里，说是家里买的，实际由他据为己有。那歌声，为啥像扯不断的忧思，直落在心底，真怪了。

……
当日分离原非我意，
只为顾全我和你，

只能这样分离，

　　为了顾全我和你。

　　"为了顾全你!"这是谁讲的? 怎么这样
熟悉?

　　老霍想睁开眼睛来,但眼睑沉沉的,他也不
想费劲去睁开,不想睁开⋯⋯

3

　　深秋的寒夜,阴冷的雨被风吹斜了,哗哗地
直下。屋檐没装下水管子,瓦沿沟里的水,从高
高的红砖楼房顶上,直落到地上,飞溅起老高的
水花。

　　马路上阒无人迹。瑟瑟的秋风挟着秋雨,
带着侵骨的寒意,迎面扑打而来。撑一把雨伞
赶路,简直不顶事。

　　霍铸成收了黑布雨伞,躲进了一条弄堂口
的过街楼下。

那年头,老霍正是血气方刚的霍老板时期。日本人正在抓他,上海的住处和乡下的家,都有人盯梢,他哪儿也去不了。只得把工厂托给亲属代管着,自己改换装束,隐姓埋名,在租界地一家不起眼的糖果店楼上,向二房东租了一间房,暂栖其身。

　　糖果店很小,只有单开间门面,经销些上海出的花式品种繁多的糖果、蛋糕、面包和杏仁酥、桃酥之类。糖果店老板和霍铸成是同乡兼好友,场面上无甚交往,私底下却颇有情谊。老板姓罗,人也正直可信,开的虽是一爿夫妻店,生意做得不大,倒有一副侠骨义肠。知道霍铸成处境艰难,他出头向二房东担保,让霍铸成在二楼上住下来。

　　霍铸成住在糖果店楼上,对外联络全靠罗济元老板帮忙;非得自己说话了,他才借用一下糖果店里的电话。平时,他不下楼、不出门,调查户口的来了,便称是罗老板乡下的穷亲戚,到上海来想谋一个教书之类的职业的。也不晓得罗老板从哪儿找来了一大堆书,有中小学课本、《三侠五义》《小五义》等等。无数个白天和黑夜,霍铸成就靠这些书消磨时光,孤寂而又烦闷。

一天三顿饭,为少惹是生非,霍铸成吃的全是罗老板店堂里的面包、蛋糕。逢到罗老板桌面的菜肴丰盛点,便上楼来邀霍铸成同吃。喜欢一享口福的霍铸成,这段日子过得是清苦极了。

这天夜里,他熬不住满肚馋水往上冒,见马路上行人稀少,又在下雨,估计不致出事,便撑了黑布雨伞,走过两条横马路,找到一家小店堂,点了店堂里供应的咖喱牛肉汤、生煎馒头,饱餐了一顿。临走,还买了二十只生煎馒头,装在纸袋里,往回赶。哪晓得出门时雨不大,这会儿变成了滂沱大雨,刚走过一条横马路,两条裤脚管就全打湿了。霍铸成出于无奈,避进了弄堂躲一躲雨。

过街楼下,漆黑一团。弄堂拐弯处一盏路

灯昏浊的光,勉勉强强照过来。霍铸成看到,三五步外,已经站着一个姑娘,穿着一件栗色旗袍,肩头上全打湿了,也在那里躲雨。

霍铸成不想让陌生人记住自己的相貌,转过身子,以背脊对着她。他估计,这姑娘大概住得不远,也许就在附近几条弄堂里。

雨还没有停歇的趋势,霍铸成正烦躁,忽然感到身边站了一个人,他吓了一跳。以为是碰到了跟踪的包打听,转脸一看,却是那位姑娘,伸过手来拉住霍铸成的手臂。

霍铸成惊恐地想,糟糕,今天碰到拉客的"野鸡"了。一抬手想挣脱,那姑娘轻声说:

"你看!"

她还用手指悄悄一点。

霍铸成顺着她的方向望去。一个白相人①,

———————————

　　① 白相人,即解放前,上海那种专靠敲诈、勒索、设赌等不正当行径生活的人。

62

头戴一顶铜盆帽,撑着一把黑雨伞,胸前一条镀金表链晃荡晃荡,泛出一点一点烁眼的光,嘴巴里唱着淫荡的小调,一摇二晃地走过来。看他那得意洋洋的样子,肯定是搓麻将赢了铜钿。

白相人走到过街楼下,明显地放慢了脚步,两眼似笑非笑地盯着姑娘,霍铸成感到那姑娘在往自己肩后躲,拉住他的手,也攥得更紧了。

幸好,白相人只是一歪脑袋,狞笑一声:"嗬,在这里吃豆腐。"便扬长而去了。

霍铸成吁了一口气,便把手臂挣脱,却不料,那姑娘带点惊慌地又一把拉住他,说:

"看,雨小了,阿拉快走吧!"

霍铸成正要责问她,她又小声说:"你听呀,快走,快走!"

从弄堂里,传出声声喧嚷,话语声中,夹杂着谩骂和哄笑:

"娘皮,阿七赢了钞票,肯定去孝敬四姨太了!"

"明朝敲他横档!"

······ ······

一听便知是一伙白相人走来了。

霍铸成不敢久留,撑开雨伞,跨出过街楼,匆匆走去。那姑娘紧挨在他身旁,跟着他疾步走着。

过了一条横马路,前面就要弯进霍铸成住的弄堂了。姑娘的手还紧紧拉着他,丝毫没有离去的意思,霍铸成晓得要费点口舌了。他放慢一点脚步,问她:

"你到哪里去?"

"你呢?"姑娘不答话,反问他。

"我的住处离这儿还远。"霍铸成只好搪塞,然后问她,"你去哪里?"

"你到哪里,我也到哪里。"

"这哪能行啊? 不行的。"

"带我去吧,带我去吧。啊,带我去吧!"姑娘哀求起来。

霍铸成光起火来:"纠缠得没完没了啦!跟你讲清爽,我不是那种人,快走开!"

话刚刚说完,姑娘快走一步,双臂张开,出其不意地抱紧了霍铸成:

"我也不是那种人,我是走投无路了,求求你,带上我吧!我当你娘姨也成。"

凭霍铸成的力气,双手一用劲,甩开这个姑娘也不是啥吃力的事。一来他左手拿着生煎馒头的纸袋,右手撑着伞,使不出劲;二来就在姑娘抱住他颈项哀求的当儿,他清清楚楚看到,姑娘炯炯闪亮的大眼睛里,噙满了泪水,闪烁着恐惧而骇然的光。就是抱紧他的那双手,也是冰冰冷的;穿得很单薄的身子,显然在剧烈地颤抖。

是"野鸡"?"拆白党"?凭霍铸成在上海滩混了几年练出的眼力,看去实在也不像。霍铸成的心软了,他带着点惶惑说:

"你放开手,有话好好讲。马路上这个样

子,忒不好了……"

姑娘顺从地松开了手,垂下双肩,听候发落般地站在霍铸成面前。

路灯的光透过梧桐树疏疏落落的黄叶,斜照过来,霍铸成看得更清楚了,这姑娘充其量十八、九岁,瘦削的脸上忧思重重,一条粗大的辫子湿漉漉的。罪过啊,这个姑娘岂止是年轻,还相当漂亮哩。

老是站在马路上,也不是生意经。霍铸成迟疑了片刻,不那么有把握地说:

"好,你先跟我来……"

糖果店是沿街面的房子,上楼得从弄堂里走后门。

霍铸成带着姑娘踏着嘎吱嘎吱响的楼梯上去时,叮嘱她:"脚步放轻一点……"

老虎灶打来的开水已经只有点微温,但姑娘就着开水,吃霍铸成买的生煎馒头,好像很香。二十只生煎馒头,她一口气吃了十三只。

看来,姑娘是处在饥寒交迫之中。在她咀嚼和喝水时,霍铸成始终坐在一边的椅子上,默默地打量着她,内心还不断地自问:这件事是不是很荒唐?

当姑娘抓过一张纸揩手时,霍铸成确信她可以说话了,就压低了声音,询问起来。

"你叫啥名字?"

"成雪琴。"

"家在哪里?"

"没有家……"

"哪能会没有家呢?"霍铸成觉得她不老实。

"你勿要急,听我讲,我晓得……晓得你不相信我。你听我讲。"姑娘有点慌,颠三倒四讲着,见霍铸成平静下来,她才说得顺畅些,"我是独养女儿,爹爹姆妈两个人开一爿老酒店,日子本来过得好好的,都是我惹来的祸。从我长到十六、七岁开始,我家老酒店里三日两头就有一

群一群白相人来,白吃老酒,还要敲竹杠,其实
他们是故意寻事,爹爹心里有数。白相人里一
个头子,看中了我,早已递话过来了。爹爹借口
我年龄小,不曾答应,这些人就来闹了。起先,
一切由爹爹支撑着,日子还勉强过得去。后来
不知怎么,多半是惊慌恐惧,爹爹病倒了,一病
不起,店堂里就姆妈一个人照应。白相人、流氓
更凶了,在我家酒甏里放炮仗,酒甏一只只盛不
得酒了。最主要的,是那些老主顾,看见他们闹
得凶,都不敢上门了。生意一天比一天难做,日
子也难以过下去。爹爹买药的铜钿也拿不出
来,病,一天比一天重。这时候,白相人头子又
放话来了,说只要我答应,马上就送礼钱过来,
叫老酒店也立刻兴旺起来。要是不答应,所有
的酒甏全都敲碎。还给了期限,半个月回
话……"

秋雨在放肆地倾泻着,窗户外是一片哗哗
声,叫人心烦。远处的马路上,时而响起稀疏的

68

喇叭声，如同在哀号。

霍铸成离成雪琴远远的，坐在一张靠背椅上，借着昏黄的电灯光端详着姑娘。姑娘一边讲，晶莹的泪水一边溢出眼眶，顺着瘦削的面颊淌下来，淌到她尖尖的下巴上，滴落在隆起的胸脯上。看样子，她不是在说谎，说谎的女人不会是她那个样子，也不可能临时编出这么一套来。她啜泣得很难继续说下去了：

"……姆妈没有办法，拿出私房钱，偷偷租了个亭子间，叫我住下。我离开家，老酒店闹翻了天，酒甏全被流氓、白相人敲光，高粱酒、黄酒倒光。爹爹重病加气，死了。我的生活来源切断，只好求人情，进纱厂做工……"

霍铸成听不清她越来越低的声音，只得站起来，走近她身边去，听她继续说：

"谁晓得，进了纱厂，拿摩温①又来威逼我

---

① 工头。

了,我不答应,只做了三个月的活,就被开除出来。租下的亭子间,半年多没付房钱。二房东见我被工厂开除,就把我几件衣裳,全丢了出来。姆妈那里,我不敢回去,怕白相人头子发现了我,跑不出来。今天一早被赶出亭子间,我在马路上荡了整整一天了……"

"假使不碰到我,你哪能办?"霍铸成蹙着眉问她。

"想等到夜深人静,跑回家去,见姆妈一面。"成雪琴有气无力地说,"等天不亮就离开家。"

"然后呢?"

成雪琴凄然一笑:"去跳黄浦江。"

说完,她两眼直勾勾地凝神望着屋角落。

窗外的风雨声撼动得窗户在轰轰隆隆作响,房间里却是一片难耐的静寂。

霍铸成低头沉思了一阵,安慰她说:"好吧,你坐一坐。"

"你到哪里去?"成雪琴陡地抬起头来。急急地问。

"去想想办法。"

"找啥人想办法?"

"一个朋友,我一歇歇就回来。"说完,霍铸成向门口走去。

"勿要去、勿要去!"成雪琴跳起来追了过去,一把抱住霍铸成,呐呐地,"勿要去,哪里都勿要去,我怕,我就要你在这里……"

霍铸成迟疑地站住了。成雪琴那张漂亮的脸,离他那样近,他有点不知所措地问:

"那我们怎么办呢?"

"随你便,反正你是一个人,救救我罢。"

"哦不……"

"看得出,你是个好心人……"

霍铸成回抱着成雪琴,他知道就要发生什么事了,但这时候,他已控制不住自己。他只觉得脸颊上发烫,头脑里发热。他听清楚成雪琴

71

说的最后一句话，就是讲他是个好心人，后来她又讲了些啥，他什么都听不见了。他唯一清醒的意识，便是知道灯"啪哒"一声关熄了……

　　从那以后，在漫长的岁月里，霍铸成多少次反省过他和成雪琴的关系，多少次试着解释，他在那样一个深秋的雨夜，怎么会迈出那荒唐的第一步的？

　　对成雪琴的同情、怜悯？是的，好像这是最初的起因。

　　成雪琴年轻、貌美，甚至还很主动，似乎也是原因。

　　但是最主要的原因，恐怕还是霍铸成当时的处境。他苦闷、烦恼，有家不能归，他闲得无聊，他需要身边有个人。

　　第一次相识，雪琴就把自己的身世，毫无保留地告诉了他。而他，却一直没讲给她听；她也从没问过他。尽管她常常用疑惑的眼神瞅他，

72

尽管她很想晓得,为啥他整天坐在家里不出门;他没有职业,又哪来的钱,花起来还很有气派……但是,他能整天陪伴着她,她就很满足了,别的,她可以不问。

直到雪琴怀了阿虎,她才大着胆子问他,究竟是怎么回事?

而霍铸成,也直到确信他们的结合已经有了阿虎,才下决心把自己的一切,原原本本告诉雪琴。当然,最先得跟她说的是,他已经是和贺佳结过婚的男人,他已经有了家,有了霍培华这个儿子。

成雪琴听着他讲的一切,大睁着一对眼睛,就像是在听《天方夜谭》里的故事。

民国二年,也就是一九一三年,霍铸成出生在浒墅关一个地主家庭里。

这是一个出名的地方。它的出名不是因为有什么风景名胜,也不是因为有什么特产,而是

73

乾隆皇帝下江南时,把浒墅关的浒(hǔ)念成了许(xǔ)。据讲这只是民间传说,但讲述乾隆皇帝念白字的细节本身,却又是如此逼真。连好些当地人,也都深信不疑。

霍铸成是家中的老二。当他出生的时候,上海作为一个通商口岸,正在兴盛发达起来。他那有眼光的父亲,已经不满足于在家乡靠收点田租过日子,而是一只脚踏着家乡的土地,一只脚伸进了上海。一开头,他仅仅是买卖点鱼鲜河蟹,做点水果生意,把家中吃不完的谷米粜到上海。

待霍铸成读高中的时候,父亲已在上海站稳了脚跟,除了在十来家中小厂有了股份,还奠定了鸿光厂的基础。霍铸成的哥哥,跟着父亲,俨然成了个海派十足的小开。

父亲原先设想,老大随他经营企业,老二在家乡侍候祖母,协助母亲管理田产。

读完高中的霍铸成,哪有什么心思管理田

产。家中有城市、农村两头的进账，他吃饱了饭，就和一帮同学，大谈国难当头，民族处于危亡关头，应奋起救国救民，投身于沸腾的斗争生活中去。

母亲约束不了他，父亲却觉得老二头脑聪明、灵活，十二年书没有白读，下决心让他也到十里洋场上来闯荡闯荡。为了收住他的心，不使他为上海的花花世界所迷醉，就在浒墅关家乡，为他定了一门亲。这就是家业田产不比霍家少的、书香门第的小姐贺佳。头年定亲，第二年成婚。婚后，霍铸成就上海——浒墅关两头跑，个把星期就有一次来回。幸好两地相距甚近，一个多钟头的火车就能到达。霍铸成既能照顾到家乡的田产，又能跟父亲和大哥学习管理企业。而在这一过程中，霍铸成也逐步摒弃了中学时代的种种理想，而自觉自愿接受了父亲"中国要强盛，一定要有自己的民族工业"这一工业救国的思想。

"八一三"，日本人打进上海。霍家父子工业救国的实践大受挫折。父亲和大哥响应胡厥文的倡议，携霍家机器和工人迁往内地，而留下的厂房及一些在中小厂家的股份，杂七杂八一摊摊，全交由霍铸成一肩挑。

　　自此，霍铸成已无暇顾及浒墅关家乡那一头的田产，而以全副身心来挑这一副重担。只是抽闲暇时，回去探望一下祖母、母亲和妻子。

　　往来上海——浒墅关之间，每回都要过日本兵的岗哨。背着长枪的日本兵，挺着肚皮，操着生硬的中国话，逼着每一个过往的中国人向其鞠躬。有一次，霍铸成心中有事，鞠躬时只是象征性地勾了勾腰，不防日本兵一记耳光打来，打得他面颊火辣辣地痛。

　　他从未受过这种侮辱，他永远也忘不了这一记耳光。

　　"哪能，这一千副手铐，你能弄到吗?"

向霍铸成提这一问题的,是浒墅关家乡一位同宗同族的隔房堂兄霍志成。这名字用上海话叫起来,同霍铸成几乎是一个音。

说是堂兄,霍志成只比霍铸成大四个多月。中学时代,霍志成就是个热血青年,后来和霍铸成走的是截然不同的生活道路。霍铸成心头明白,堂兄是共产党,看样子还是个负责人。打过几次交道之后,霍铸成进一步晓得,堂兄是专为活跃在苏北一带的新四军办事的。

起先,堂兄找到他,请他帮忙的,都是些零敲碎打的事情。以他的名义,买些锄头啦、铁钉啦、六角螺帽啦、扳钳和螺丝刀一类小东西。因他在办五金厂,出头露面买这些东西,可以遮人耳目。光用他霍铸成一个名义,既不用他垫钱,也不用担惊受怕,霍铸成干得很欢。尤其当他晓得,这也是在抗日,是在为国为民出力,他就更尽心尽力地去做。

但是这一次,堂兄是狮子大开口,叫人吓一

跳。一千副手铐，可不是儿戏。霍铸成把咖啡杯拿在手中转了半天，直截了当地问：

"不危险吗？"

堂兄没有直接回答他，随手打开一张老申报，像是在看报上的电影广告，说：

"你看报纸吗？"

"当然看！"霍铸成有些不解地瞅着堂兄，"生意人不看报纸，怎么知道行情？"

"报纸上都说过，抗日是要掉脑袋、杀头的……"

"这么说，有危险？"霍铸成紧张地问。

"有，但不会很大。"堂兄回答得也很干脆，说着便站了起来，"你干不干？所有的关节都打通了，只要你出面办一办。"

堂兄足有一米八〇的个头，脸庞很大，浓眉大眼，很有几分豪气。

霍铸成沉默着。

"不干我们另外寻人。"堂兄又道。

"好吧，我试试看。"霍铸成硬着头皮答应下来。他晓得，从这一刻起，他要有抛家舍命的思想准备。

堂兄笑了，细致地向他交代起需注意的事项来。

不做不晓得。

真正做起来，霍铸成倒愈办愈有信心了。说是有危险，无非是精神上紧张一些、心跳得凶一些罢了。

一系列手续都是在场面上办的。就如同父亲和大哥他们谈生意经，绿杨村饭店、梅龙镇酒家订几桌酒，吃吃喝喝之中，事情就办妥了。最关键的一道手续，还是在宪兵司令部大楼办的。坐小轿车进去的时候，霍铸成提心吊胆，手心里捏着一把汗。出来的时候，他是红光满面，喜气洋洋，一身轻松。不仅是为顺利办妥了手续高兴，更主要的是，他深深地佩服共产党。他觉得，不要看他们处在地下，他们领导的抗日力量,却遍布社会各阶层,各个角落都有他们的人。这以前,他只是用一个生意人的眼光,来看待和堂兄的关系;又是本着中国人的良心,看着堂兄的面子,出头办事的。这以后,他开始相信,抗战是一定会胜利的。像他这样,不是共产党,但在为抗日出力的人,遍地都是啊!

堂兄在挑霍铸成上山。霍铸成也愿意上这座山。除了他有爱国心之外,他还不无私心地想到,为抗日、为共产党做一点点事,也是值得的。假如共产党真坐了天下,像苏联的工农掌了权,要杀地主、资本家的头时,可能会念他做过一点好事,而放他一条生路。他也不至像流落上海街头的"罗宋瘪三"白俄一样,逃奔异国去。

虽有这种认识,但当堂兄动员他进一步靠拢共产党,以准备携厂迁到抗日根据地去时,他又婉言谢绝了。

"为啥?"

"我怕杀头，怕坐监牢，怕坐老虎凳、灌辣椒水。"霍铸成对堂兄说得相当直率。帮着做一点事，是可以的；直接参加进去，那又是另一回事。霍铸成还远远没有这样的胆量和决心。

"不过，为抗日军民出点力，做点事，哪怕掏点腰包，我还是干。"霍铸成向堂兄拍胸脯，"稳当点的事，只要有需要我的地方，尽管找我好了。"

堂兄微笑着点点头，并不再勉强他。

过不多久，堂兄果然找上门来了。这次要做的事更棘手。新四军兴办兵工厂，急需技术工人。堂兄委托他从留在上海的鸿光厂人员里，物色十几个技术高强的工人，送到根据地兵工厂去。

这件事，可以说是对霍铸成的一次考验。鸿光厂疏散内迁，已走了一些技术上有几手的工人。留下的并不多，再要从中挑好的往新四军里送,会直接损害到他的工厂,这是其一。其二,这回送去的是人,大活人,不同于上次送走的手铐。手铐是物,不会讲话。人是活的,万一这中间出个把败类,去告密,那他不是等着杀头嘛。其三,人的工作不好做。虽然堂兄已表示,去兵工厂的工人,上海这一头的工资照付,一文不少。但工人的家属怎么办,人家老的老、小的小,需要照顾时,找谁去? 家属同意自己的亲人走吗?

霍铸成在这方面,又低估了党的力量。说穿了,工人那头的工作,何需他去做? 堂兄来找他,只是在做他的工作,请他忍痛割爱罢了。

一件看上去很棘手的工作,干起来顺顺当当。霍铸成找到的十几个工人,都没费多少口舌,就爽快地答应了条件。后来,他才晓得,堂兄从其他路子,还找了二十多个工人,这一批走的,足足有四十来人呢。

这件事办成,已经是抗日战争的第七个年

头,一九四四年春天了。

刚落过第一场春雨,马路上的梧桐树叶还不及巴掌大,坏消息传来了。

堂兄打来电话,约霍铸成在新雅粤菜馆二楼的火车厢座见面。堂兄一反常态,不主动上门找他,这使霍铸成预感不妙。

他匆匆赶到大马路上的"新雅",堂兄已点好了菜,坐在那里候他。他一到,跑堂就端上了花式拼盘、清炒虾仁、咕噜肉、蚝油牛肉、清蒸鲳鱼、生炒鳝背等六道菜。霍铸成一看是堂兄请客,心情转忧为喜,乐呵呵地说:

"原来是老兄请客,也不事先讲一声……"

"吃吧吃吧。"堂兄拿起筷子,微笑着招呼霍铸成。

一人一小盅高粱酒下肚,堂兄用筷头子敲敲碗沿,脸朝着座外,凑近霍铸成耳边悄声说:

"东洋人在扫荡中捡到用坏的手铐,七查八

查,查出手铐是上海出的,已在上海追查。你处境危险,要避避风头。"

广东菜的味道再好,霍铸成也吃不下去了。这消息来得太突然了。他愣怔地瞅着堂兄。堂兄坦然一笑,继续低声道:

"他们会查到,你是出头露面的朋友。而我,才是要犯。不过,他们捉不到我,等他们查清爽,我已经走了。"

"走,到哪里去?"

"回老家呀!"堂兄一边说一边眨眼,霍铸成明白了,他指的老家,是新四军根据地。堂兄又征询地问:"你跟我一道走吗?"

"哦不,只要来得及,我想我还是自己想办法避避风头吧。"霍铸成思忖着说。

"这样……也可以,就是要小心点。"堂兄真诚地望着霍铸成,带点歉意地说,"我是尽量不想给你引麻烦,但还是引来了……"

"这是什么话呢?"霍铸成觉得堂兄这是小

看他了,就冲东洋鬼揍他一记耳光,他也得报仇啊!

"不过,"堂兄做了一个表示小日本的手势,"他们的日子倒是不长了。你多保重吧!"

"你也多加保重!"霍铸成举起了酒盅。

"吃菜吧,吃菜! 这一顿酒,就算是告别啦!"堂兄把酒一口饮尽,连声招呼霍铸成吃菜。

于是,霍铸成把厂家、浒墅关老家两头的事匆匆作些交代,就找到了罗济元老板。

到他认识成雪琴时,他在罗老板家糖果店楼上,已枯燥乏味地避过了半年风头。

4

走进区工商界爱国建设公司的办公室,老霍往高背藤椅上一靠,喘过了几口气,展开折扇扇着说:

"唉,人到这把年纪,是啥都做不成了。看

看，走点点路，看点地皮，就吃力成这样子。"

随后进来的一帮老头子，都你哼我哈地发起人生之短促的感叹来。

尽管如此，老霍还是觉得这样过要快活些。叫他在家里，淘米洗菜，开洗衣机，拾掇房间，不要说贺佳老埋怨他米淘不干净，衣裳领子上的污迹没搓干净，就是贺佳天天表扬他，他也会觉得乏味的。

"不干不晓得，自己跑跑腿就清楚了，现在要做点事情，难啊！"

"是嘛！看街道接待我们的那位女同志，把我们的证明翻来覆去地看，好像是假证明一样。"

"事先，区委统战部还给他们通过电话呢！"

"我在旁边，真有点气了！我们兴办集体企业，一不想赚钱，二不要安插自己的子女，纯是尽义务啊！"

"想不到,邓小平六月十五日的讲话①之后,还会是这样!"

……

爱建公司的同行们,一个个在发着议论,你一言、我一语的,不断传进老霍的耳朵里来。老霍不插话,但亦有同感。在一般市民的眼里,他们这些人,总是老板、资本家,是想要赚钞票的。人们普遍地对他们有一种不信任的情绪。这是一下子很难改变的。尽管邓小平同志肯定了他们中的绝大多数,已经改造成为自食其力的劳动者,说资本家阶级中的进步分子和大多数人,在接受改造方面也起了有益的配合作用。而且明确指出,他们作为劳动者,正在为社会主义现代化建设事业贡献力量。可是很多人的认识,还没达到这一步。

---

① 指 1979 年 6 月 15 日,邓小平同志在政协五届二次会议上的开幕词。

对这一点，老霍倒不像一些同行那么不满。在他看，打倒"四人帮"还不到三年，工商界落实政策，连一年都不到哩，人们的认识，哪能那么快改变呢。关键倒是在于他们自己怎么干，怎么贡献力量。邻区一个不断亏本、质量极差的居民食堂，不是在聘请了一位原来的饭店老板作顾问之后，扭亏为盈，还新添了各种花式点心，大受欢迎嘛！老霍感到，要是这类事迹多了，人们就会自然而然地改变对他们的看法。

　　"难，做事情会有不难的吗？各位的店家、厂家创办初期，不也难上天嘛！"老霍拍着藤椅的扶手，接过同行们的话来，笑眯眯地说，"俗话早讲了，万事开头难嘛！不过我总觉得，跑到社会上做点难做的事情，总要比在家里抱孙子孙囡、做家务充实一些，也快活一些。"

　　"这倒也是的。"老霍是他们这一拨人中的牵头人物，话音一落，就有人表示同感。

　　"家里也不太平啊，这个要钱结婚，那个要

钱买录音机。"一个家里总闹点磨擦的同行连连摇头,"我一点清静也没有,还不如出来……"

恰在这个时候,老霍桌上的电话铃响了,他前倾身子,抓起话筒:

"啥人? 噢,阿虎啊……"

是儿子霍培峻打来的电话。他迟迟疑疑地问,爸爸和家里商量的结果怎么样? 能答应他们父子之间走动走动吗?

对这件事情,老霍前些天倒是已经在饭桌上,向全家人宣布过,他说:"阿虎提出的要求是合理的,也是人之常情,我决定同意他的要求。"饭桌上的人,谁也没有作声,这倒也好,就算是默认了。可是老霍并不想把他们父子每次见面安排在家里,以免大家尴尬。他想出了个办法:

"阿虎啊,我们今天见一见吧,对啰,你们一起来,你的爱人,还有孩子。地方嘛,我看就定在红房子西餐馆吧! 对了,就是陕西南路那一家。要先占位置的,你们早点到,五点钟来吧。"

四点半,老霍就到达红房子西餐馆了。

　　和阿虎讲定之后,他给家里打了个传呼电话,请传呼的人到对面四百八十八弄四号,给贺佳打声招呼,就说老霍不回家吃夜饭了,勿要等!略微休息之后,老霍就乘公共汽车来了。

　　听说近年来,红房子的法式西餐又有起色,老霍同朋友们来过两次,吃得还满意。所以他想过,以后阿虎想要见他,他就请阿虎一家到红房子吃饭。这样,他们既可团聚一下,也为阿虎和他爱人、孩子改善一次生活。不过,老霍心头有个原则,这样的会面,限制在三四个月一次,一年也就三四次,不宜多。贺佳提醒他之后,他已经有所警觉了。

　　老霍来得还算早,最好的电扇下面的位置,已被人占了。老霍对这点不在乎,他历来有"心静自然凉"的观点,挨着电扇,不断地被吹着,反而不舒服。靠墙壁有一张桌子,还没被人占,他过去坐下了。请服务员拿来四副刀叉、杯子、纸餐巾,四面一放,这就算把位置占定了。

再晚来十分钟,位置就一个也没有了。老霍摇着折扇,怀着探究的心理,端详着不断进门来的吃客。

红房子的生意,又兴隆起来了。十年"文革"中,这里的生意是极清淡的。老霍还记得,有个厂礼拜,罗济元老板约他到红房子来过一过瘾。那顿午饭,吃的实在冤枉,罗济元的钞票花了,却没吃舒服。色拉有点涩嘴,鱼是隔夜货,奶油鸡丝汤没点儿鲜味,排骨咬也咬不动,真是天晓得!吃午饭辰光,店堂里竟没几个人。今天可不同了,餐馆的门槛边站满了人,看到里面的位置全被占了,想来一饱口福的人还在犹豫,是等人家吃完了再吃呢,还是另换地方。

进进出出的吃客,绝大多数都是年轻人。大热天,男的衣着翻不出啥花样,女的穿得可是够花哨的了,什么式样的都有。老霍一边等着儿子一家,一边随便瞅着。姑娘们的发式、高跟鞋,那是"四人帮"垮台后最明显的变化。而在这儿,喷过高级香水、描过眉毛、浓妆艳抹的姑娘,也算不得啥稀奇。

是呵,解除十年禁锢以后,讲究吃穿、讲究打扮、讲究过舒舒服服的日子,已经很少有人责备了,这是人生在世正当的要求。老霍联想到自己的子女,他们希望住宽敞、漂亮、煤卫设备齐全的房子,他们想把自己未来的窝筑得尽可能惬意些,他们指望未来的生活更绚丽多彩些,原也是无可非议的。只是,只是他们是不是想到,舒适的生活,该用什么去换得呢?老霍的思想又跑野马了。

四点五十分,阿虎一家来了。

阿虎穿件涤确良短袖的衬衫,棉涤条纹裤子,泡沫塑料凉鞋。申小佩是一条白底素花的连衫裙,中跟皮凉鞋。这一身倒和她微瘦颀长的身材合适。媳妇五官还端正,眼圈下有些浅浅的雀斑,看去还温顺。孙子霍远活像母亲,略微显得单薄些。他脆生生地叫了一声：

"爷爷!"

老霍欢快地答应了，顺手从衣袋里掏出一辆极小极小的玩具汽车。这是他来的路上给孙子买的礼物，小巧、精致，听营业员介绍，怎么砸也不会坏，还能顺开、倒开，花了老霍四块多钱呢。

虽是直系亲属，却十分生疏，尤其是儿媳妇显得拘谨、窘迫。

老霍拿过菜单，请儿子、媳妇点菜。夫妇俩肩挨肩瞅了半天，点了两个价格最便宜的菜。

老霍微微笑了。申小佩说："爸爸，我们从没来过，还是你点吧，随便吃点啥都可以。"

"对，对!"阿虎点头赞同。

"我要喝桔子汁。"孙子看到邻座有人在喝桔子汁，大声叫起来。申小佩连忙抓住儿子的手，阻止他乱嚷嚷。

老霍宽容地一笑。要是生活在他身边的孩

子这么无规无矩，他是不允许的。

老霍不看菜单，唤过服务员来，点了八个菜：对虾、葡国鸡、蛤蜊、蛋煎黄鱼、红焖猪舌、汉堡牛扒、红烩牛尾、红烩鸡。每人一碗奶油蘑菇鸡丝汤、一份色拉，六两面包。三个大人每人一份浓汤。两瓶啤酒，八瓶桔子汁。每人一份水果冰球，请在最后送上。

"爸爸，你点得太多了，吃不完。"申小佩客气地说。

老霍摇摇头："西餐数量都极少，尝个味道吧。我还怕不够哩。"

他记忆中，阿虎小时候的饭量是很大的。

老霍掏出四张拾元的票子，递给服务员。申小佩两眼瞪得老大，待服务员一去，她就悄悄说：

"啧啧，吃一顿饭，要吃去我们一个月的工资了！"

"西餐是要贵点。"老霍回答。儿媳说出这

94

话来，猜得出，家境也是极普通的。

菜端上来了。小圆盘子里，两面煎成金黄色的斜形大块，浇上了原汁，看上去很诱人。

"这是啥呀?"申小佩眨着眼睛问。

"蛋煎黄鱼。"老霍操起刀叉，给儿媳介绍，"用酒、辣酱油、白脱油、柠檬汁滚热起锅装盘的。味道还好，尝尝吧。"

他用刀叉熟练地把内部煎透的斜形大块，分割成四块，两块略大些，他又给儿子、儿媳，两块略小些，他又给孙子一块，自己尝一块。

"这就是一道菜呀?"媳妇又在问了。

"是啊，很少，对哦? 西餐就是这样，勿要听点的菜多，刚够我们吃饱，多不出啥的。"老霍尝了一口鱼，看儿子和媳妇都不大会使用刀叉，便说，"用不惯吧。可以请服务员拿筷子的。"

恰好服务员送上浓汤来，老霍和他一说，马上送来了四副筷子。

店堂里已是相当热闹，邻座的说笑声，年轻

人的干杯声,搁刀叉的丁当声,瓶盘相碰的脆响声,情侣的窃窃私语声,电扇的嗡嗡声,汇成了一股嘈杂的声浪,直灌耳膜。

桔子汁、啤酒吃得很快。孙子一边喝桔子汁,一边东张西望,看店堂里的热闹情景。阿虎看来很能喝,一杯啤酒,三五口就下去了。老霍是象征性地咪一点,自从高血压又有回升的趋势以来,除了稍稍咪一点啤酒,他是滴酒不沾了。媳妇吃得很文气,喝得也少。

菜一道一道送上来了。每送上一道菜,老霍就作一番介绍。今天点的,除汉堡牛扒是德式,红烩鸡是意大利式,葡国鸡是葡萄牙式之外,其他各道菜,全是地道的法式菜。

可能是换了筷子的缘故,几道菜吃得还顺当。媳妇说蛤蛎的味道好;儿子讲葡国鸡的味很特别,好吃;孙子嚷嚷桔子汁最好喝。老霍被他们说得兴奋起来,脸上放出红光,用叉子指一指对虾,说:

"这道菜味道也不错,尝尝吧。"

其实他心里很清楚,对虾四块五一盘,最贵了,必然好。而其他各道菜,是各有各的味。

吃着对虾,阿虎问:"爸爸,近来你在忙点啥?"

"筹建一个给蓄电池充电的工厂,正在找地方,这一个礼拜来,都在看地皮。"一谈起自己的工作,老霍兴致来了,"上海的蓄电池,送到国家的厂里去充电,排队已经排到八一年了。我们办起这个厂来,可以缓解这个矛盾,又能安置待业青年。"

"是国家投资的吗?"媳妇问。

"不,是爱建公司投资的。"老霍看媳妇一脸诧异之色,微微一笑说,"党和国家给工商界落实了政策,工商界也要为四化做点贡献啊!以自愿报名为原则,筹集了几百万资金。"

媳妇不无遗憾地说:"我听阿虎讲,这么干,是不拿工资的,有啥意思?爸爸不必这样劳累,还是注意保重身体吧。"

"爸爸的身体，看上去还是很健康的。"阿虎道。

老霍笑了："这倒要感谢在仓库劳动的那些年头了。什么胃气痛、高血压，都莫名其妙地好了。怎么好的，我也讲不明白。这两年，不做体力劳动了，血压又有回升的趋势……"

话没有讲完，老霍只觉得眼前一亮。他警觉地仰起脸来，朝店堂门口望去，果然，那里有一对目光在注视自己。老霍定睛望去，原来，瞅着他的不是别人，是自己的儿子霍培春。打扮得很有几分洋气，格子花纹衬衫，油亮亮的头发，长鬓角，嘴里叼一枝海绵头香烟。儿子身旁站着一个花枝招展的姑娘，超短裙，无领衫，头发扎成一把马尾，拖在裸露的肩头上，脸朝着外面，看不清楚。

培春肯定也看见老霍了。见老霍定睛望他们，他一搡那个女的，两人匆匆离去，那个女的还回了一下头。

　　老霍兴致勃勃的愉快心情，一下子被培春的这种态度全赶跑了。这小子，那副打扮、那副神态、那种目光，算个什么意思呢？招呼也不过来打一声。老霍端起杯子，气恼中喝了一大口啤酒。啤酒是冰镇过的，喝下肚去很凉，留在嘴里的，又是一股苦涩味。

　　"爸爸，你也吃菜呀!"申小佩在招呼他了，同时，用筷子拣过一只对虾来。

　　"噢，我自己来，自己来。"老霍用叉子叉住对虾，咬了一口。

　　"姆妈，我要上厕所!"孙子喝桔子汁喝多了，朝着媳妇叫。

　　申小佩轻声向老霍打个招呼，拉着霍远的手，离座而去。

　　老霍瞅了一眼桌面，蛋煎黄鱼、蛤蜊、对虾几道菜吃得差不多了。葡国鸡、红烩鸡剩得较多。猪舌、牛扒、牛尾也各剩一半。他向阿虎摆

摆手:

"你吃呀! 这顿饭,专为招待你们一家的! 小佩回来,你要她放开吃,不要客气。"

"噁。"阿虎到底是个工人,吃得很来劲儿,看来还大有潜力呢。

老霍瞅着他那很像成雪琴的脸,轻声问:"后来那些年,你们过得好吗?"

"生活倒还可以。姆妈一直在生产组做活。我工作之后,经济上是一点也不紧张了。特别是后头几年,生产组的工资也有点上升,我又成家了,可以说姆妈还是过了几年太平日子。"阿虎咀嚼着说,"就是……就是姆妈总像有啥心事……"

成雪琴的脸又在老霍面前晃晃悠悠地出现了。老霍低下头去割一块猪舌,喃喃地带点负疚地说:

"是啊,她心地好,善良。都怪我……"

"不是的,爸爸。"阿虎忽然有点激动,脸也涨得通红,"我晓得的,姆妈是对我给你贴大字报生气。晓得我到鸿光厂贴了你大字报,姆妈几天没有理我。以后的一段日子,一上饭桌,她就要喃喃自语地说:'不碰上你爸爸,我就是个死,也不会有你。阿虎,做人要讲良心……'爸爸,是我不懂事,伤害了姆妈的心,也伤害了你……"

倒不是阿虎的忏悔、认错感动了老霍,确切地说,是阿虎讲到他妈妈的情况,使老霍动了感情。这个女人,是他一辈子难以忘怀的。从一九四四年深秋,到一九四五年日本投降,他们在一起,共同生活不到一年。日本投降之后,老霍不再有危险了,他又在上海滩上活跃起来。贺佳也带着培华搬进了上海。老霍有了家,不可能再同成雪琴母子在一起,只是按月付给母子俩一笔生活费。特别是贺佳晓得了这一底细,大吵大闹一番之后,老霍几乎没有再见她的机会。解放后,明确讲定,断绝往来,每月经贺佳之手,给她五十块钱。于是,老霍更难见她了,只通过贺佳、阿虎知道一点她的近况。老霍和她相识,可以说没有给她带来过一点幸福和欢乐,有的只是屈辱和苦恼。他们没有结婚,仅仅是同居,成雪琴连小老婆也不是,所以分手之后,相互之间都没有牵挂。她蛮可以嫁人的,但她没有嫁。她也可以阿虎是他儿子的口实,要求更多一点的利益,但她从未开过口。如果不是老霍提出,必须给母子俩生活费,她大概也不会来要的。她帮人家洗衣裳、织毛线衣,挣出自己的一份生活费来,而把霍家拿过去的钱,都花在阿虎的身上。

在老霍的内心深处,常常感到对不起她。阿虎这会儿提起,老霍心头的甜酸苦辣,全涌了上来。眼睑也沉甸甸地,直往下牵拉,泪水止不住涌满了眼眶。

瞅着他的阿虎不由着慌了,颤抖地叫了一声:"爸爸……"

申小佩拉着孙子的手，走进店堂来了。老霍极力抑制着自己的情绪，不让泪水溢出眼眶，他掏出手帕，像擦汗似的拭了拭眼角，镇定着自己说：

"今天是吃饭，不讲这些了。吃吧，阿虎，放开肚皮吃。过去的事，我都忘记了。霍远，小佩，快过来吃呀，辰光不早啦!"

鸿光厂食堂的那一顿午饭，老霍是花了几年时间才吃习惯的。一闹"文化大革命"，老霍由副厂长变成反动资本家，贬到财务科记账，工资由五百七十元，降到六十元。这顿午饭，吃起来又不习惯了。以往，佣人阿巧阿姨做了各式小菜，盛进碗里之前，总给他在分格饭盒里盛上一些，以便他上班时带去。一被批斗，戴上"反动资本家"帽子，别说家里没那么多菜可带了，就是能带，他也不敢提上饭盒。怕造反派说他生活奢侈，还在用工人血汗养肥自己。

这么一来,吃午饭就成了头痛的事情。他实在不喜欢吃那大锅里熬出来的菜。

这天,又到了吃午饭的时间,老霍正闷闷不乐地朝食堂走去,忽见厂区大道上开来两辆大卡车,嘎地停在食堂前不远的地方。车上的青年工人纷纷跳下来,他们的臂上都套着红袖章。瞅第一眼老霍还未留神。直到车上的人递下一只足足有半个人高的、前清时期的大瓷瓶,老霍才发觉情况不妙。这只瓷瓶,老霍是太熟悉了,它就放在家里二楼正厅的角落里。老霍的心怦怦乱跳,他稍放慢了步子,往卡车上望。他先看到客厅的那只落地灯罩,粉红色绢绸蒙的,一丛兰花绣得活灵活现;接着又看到那张红木写字台……一点不错,这是第二次抄家!

老霍心烦意乱,闭了闭眼,才勉强往食堂里迈步。他低着头,啥人也不看。这是自挨批以来的规矩了。可他心头,却在隐隐作痛。

他不是心痛家里那些东西。头一次抄家

时,几十万元的现金、存折及金银珠宝,也都抄走了,他还难受什么? 他是伤心,是为自己相信的一切都如崩堤般的坍塌而伤心。他想不通了。

不说解放前,在堂兄引导下,老霍还多多少少为新四军、为抗日做过一点事。就是解放后,老霍对党的号召,也是积极响应的呀! 三反五反,是基本守法户;公私合营,是上海头一批合营的厂家;三年自然灾害,国家处于困难时期,老霍主动在一九六一年,放弃了定息。年息百分之五的定息啊,对老霍来说,那是很可观的一大笔钱呐! 公私合营后的十年间,老霍当副厂长,负责生产管理,又在哪一点上没尽到责任呢? 是的,他从来不曾加过班,从来不曾在办公室里熬过夜;但他也从来不曾请过事假、迟到早退啊! 有几次,医生给了病假条,他还往厂里跑呢!

老霍一边吃着难咽的饭菜,一边思前想后,

脑子里乱成了一团。

有了心事,饭菜更吃不下,老霍又不敢往泔水桶里倒,怕被造反派看到了,说他浪费粮食,揪他当众批斗一顿。三两饭,老霍吃了整整半个小时。

在食堂大厅里,老霍就听到几句议论了:

"唉呀,真看不出,他会是这样的人!"

"我们还总说,这个人在生活方面,倒是清清白白的!"

"想不到是个老风流!"

……

老霍心事重重,没在意人们的议论。待他走出食堂,看到一大堆人围在厂房的墙边,正抬头朝墙上看什么时,他也没觉得这和自己有什么关系。

直到走近那一大堆人,往墙上随意地瞅了一眼时,老霍才像让雷击了一般,脑袋里轰然一阵响。大字报的标题,像长着钩子似的,勾住了他的双眼：

"坚决和反动资本家霍铸成划清界限！"

看标题，像是直系亲属写的。但这是哪个写的呢？老霍联想到在食堂里听到的那几句闲言闲语，他马上想到了成雪琴和霍培峻！

像怕被人用乱棒打似的，老霍转过身，逃遁般离开了贴大字报的地方。

这天黄昏，下班已经半个多小时了，老霍才走出财务科，拖着沉重的脚步，一步一步走到大字报面前。

大字报是阿虎写的。他称老霍是"反动资本家"，是害了他母亲一辈子的"坏蛋"。作为儿子的他，坚决要和反动老子划清界限，脱离父子关系！

自然，老霍和成雪琴的关系，也全写在大字报上了。

老霍读完大字报，两条腿在发颤，浑身发软，只觉得头晕目眩，要不是及时抵靠在墙上，他简直站立不稳了。他不敢想象,今后怎样在鸿光厂里做人。这是他心灵上最怕被人揭的伤疤呀!这是他生活中最隐蔽的一个角落呀!

是啊,被批、被斗、被抄家之后,阿虎同我脱离父子关系;落实了政策,退还了钞票,当了市政协委员,阿虎又主动找上门来,要恢复父子关系,还向我认错。

送阿虎一家上了 24 路电车,老霍在林荫密布的马路上走回家去时,不由得暗自思忖:难怪贺佳提醒我,要我警觉哩。

这是上海第一流住宅区中间的一条横马路,不通电车、公共汽车和大卡车。马路两旁,全是粗壮的阔叶梧桐。白天,密密簇簇的梧桐树叶能遮挡住阳光;夜晚,梧桐树叶裹住了路灯,灯光透过你挨我挤的绿叶,泻出一种人工很难制造的效果,暗绿、幽雅,引动人的遐思。

老霍决定步行回家去。刚才在餐馆吃饭,

培春的露面和阿虎的认错,都使他心情不悦。他觉得要好好地想一想。

幽深的马路两边,是一幢接一幢的三层楼房,全是英国面包大王创造的那种格式,台阶前带一个小花园,花园有一道小铁门,小铁门上安着圆形的猫眼。

在这条马路上,有老霍的几个工商界老朋友。他们也都落实了政策,还了钱。在他们的家庭里,是不是也有老霍开始觉察到的那种烦恼呢? 老霍真想去问问他们。

是的,今天吃了一顿西餐,一顿老霍原本想象得非常乐胃自在的西餐。但看来,阿虎不止是把这看作一顿饭而来的,他还有自己的企图:认错,然后接近老霍,然后以名副其实的儿子的身分,等待老霍分配还到手的财产……

老霍简直不敢往下想。当然,阿虎是有这个权利的。从法律上讲,婚姻关系可以解除,夫妻可以变为路人;但是父子之间的血缘关系却是解除不了的。尽管老霍当年和成雪琴，并没有办过结婚手续，可阿虎毕竟是他的儿子，财产的第一程序继承人。

但是，老霍的身体还好着呐！分配财产，还早着呐！为啥子女们都像贺佳说的，都盯上了这笔财产呢？难道真是不成文的规矩吗？真要分到他们头上，才有清静吗？

被梧桐树叶遮掩得若明若暗的马路，像一条幽长深邃的甬道。决定步行的时候，老霍想散散步，让微风吹一吹发热的头脑，反正是走熟了的马路，很快就会到的。走了一段路之后，酒力袭了上来，他甚觉困乏，忽然才发现，原来路还很长、很长，真够呛！

从在红房子西餐馆撞见培春之后，老霍每回上饭桌，都有思想准备。准备着培春会冒出几句话来。好几天过去了，培春却啥也没说。

星期天的午饭桌上，在老霍已经松懈了思

110

想准备的情况下,培春却不动声色地提出了要求。

　　他可真会选择时机。选择在姐姐培丽一家,回上海后的第一顿团聚饭桌上。

　　培丽一家五口人:丈夫何继祥,十二岁的大女儿芬芬,九岁的二女儿芳芳,七岁的儿子兵兵。一支庞大的队伍,是昨天上午到的。培静下午给培洁打了电话,告诉她培丽到了,星期天务必回娘家来团聚。

　　星期天一早,培洁一家就到了。家里显出几年来少有的热闹。

　　这是可以理解的。培丽、培洁是双胞胎,自小形影不离,吃饭在一起,睡觉在一起,上学在一起,哭起来也是两张嘴巴同时张开,以相等的音量放声哭叫。高中毕业后,培丽没考上大学,成了社会青年。培洁进了大学,两姐妹就此分开了,走上了不同的生活道路。培丽耐不住寂寞,在家没待上半年,就报名去了新疆。

一晃,十几年过去了。双胞胎姐妹都当了母亲。两人站在一起,差别竟是那么大。培丽健壮、粗实,皮肤黝黑。而培洁,看上去要比培丽小四、五岁,瘦削、单薄、皮肤细腻白皙,一看就知道是个上海姑娘。再告诉人家,这两姐妹是双胞胎,一百个人里面,九十九个会不相信的。

是啊,不同的经历,不同的生活道路,会使人的外形也随之而变化的。

"嗬嗬,这下我在家里有个帮手了!"贺佳乐得嘴巴合不拢。她指的是能干的培丽回家了。

正当一家人分成两拨,培春、兆雄和何继祥一拨;培丽、培洁、培静三姐妹一拨,在那里海阔天空地闲聊时,又来了两拨客人,一个是姨妈家的表兄弟定毅;一个是原先在霍家当佣人的阿巧阿姨。阿巧阿姨嫁了一个裁缝师傅,生下两个女儿,一个十岁,一个八岁,今天也都来了。

老霍分别同客人们打了招呼,笑呵呵地道:

"今天,四号里可以开幼儿园了。"

当真的,小囡容易相熟。培洁带来的晶晶,阿巧的两个女儿,培丽的三个孩子,在楼梯上跑上蹦下,一会儿折纸飞机,一会儿从三楼的扶手上往底楼滑,整幢楼房里,都是他们的叽喳声。

老霍一直在同定毅交谈。青年画家定毅,命运和培春相似,算起年龄来,仅比培春大几个月。不说他在美术上取得的那些成就,就是言谈举止,也要比培春不知成熟多少倍,所谈的见解,使老霍不得不折服。和定毅相对坐着,老霍愈发对培春滋生出一股不满情绪。不知啥原因,他总觉得,在这个同他没有一点血缘关系的定毅身上,倒能找到自己年轻时代的影子。

定毅到楼下客厅里同三位表兄弟聊天去了,身上扎一条围裙的贺佳特意从厨房里跑上来,关照老霍:

"你勿要老坐在这里。继祥和兆雄,都是多少年没上门了,你也去陪陪他们。"

"我去了，他们反而拘束!"老霍一摆手，带点不耐烦地说。

"不显得怠慢了他们吗?"贺佳又追问一句。

"不会的。"

贺佳又忙慌慌下楼去了，这么一大家子人的饭，实在是够她忙的。吃饭的人这么多，能帮帮忙的，就培南一个。

老霍独自呆坐在藤椅上。难得的家人团聚，他想显得高兴些，却怎么也高兴不起来。从内心里讲，他也很想同何继祥，同聂兆雄、培春聊聊，可这三个男子汉，他一个也看不中。和他们坐在一起，他会浑身觉得不自在，甚至还隐隐地觉得一种生理上的厌恶。

中午饭迟到十二点半才开。大八仙桌面上搁上一张圆台面，不紧不松地坐下了十一个成年人。六个小娃娃，只好委屈他们坐到另一张小方桌上去了。

菜相当丰盛，贺佳肯定是拿出了浑身的本

114

领,鸡、鸭、鱼、肉之外,海参、鱿鱼、香菇、木耳全齐了。还有老霍喜欢的炒双冬,虽说冬笋是用罐头里的,不如新鲜冬笋那么脆,但这也很不容易买到。

小娃娃的桌面上比成年人这儿更热闹。这个要汤,那个要吃鸡翅膀,还有的嚷嚷筷子掉在地上了……相比之下,圆台面上倒显得有些拘谨。

"一家人全齐了!"培南拣了一只油豆腐塞肉,一面吃一面说,"除了大哥大嫂,今天可以算大团圆了。"

培静接上说:"大哥大嫂一回来,我们可以拍合家欢了。老少三代,十五、六个人,浩浩荡荡的一支队伍,开进照相馆去,把照相师傅都会吓一跳的。"

"真的,闹开'文化大革命',十几年了,人从来没像今天这样齐过。"贺佳有点感慨地喝了一口青梅汽酒,叹了口气说,"在外头的几个冤家,今年你回来,他不回来;明年他回来,你又不回来。不是说啥要加班,就是讲手头紧,再不就是单位里要挖防空洞,一律不准假。唉,那几年,真难啊!"

"确实不容易。"阿巧阿姨和老霍家的关系一向密切,"那几年里,霍先生只拿十五块一月,冬天穿件破棉袄,挤公共汽车,到了单位还要劳动,作孽作孽!"

老霍朝阿巧点了点头,表示领会她的意思。阿巧阿姨从乡下出来到上海帮佣,户口当年就上在老霍家里,一直到"文化大革命"。当霍家被抄家、减工资、轰出四号花园洋房之后,老霍和贺佳只好婉言辞退她了。不料她却不愿走,说,情愿在老霍家里白干活,不要工钱。老霍夫妇为她的诚心所感动,心想将来若有好日子,一定把工钱补还给她,也就让她留下了。她连续干了三个月,居委会出面了,找阿巧谈话的就是一号里的梅枝阿姨。梅枝阿姨讲阿巧丧失了立场,连起码的阶级觉悟也没有。阿巧回到家里,哭起来了。老霍夫妇问清缘由,还是劝她离去,哪怕到里弄生产组干活,也比在他家强。阿巧这才走了。走后,在里弄食堂干了两年活,就嫁给了一个裁缝。她在上海没有亲眷,逢年过节,她总要到老霍家来,看望先生和霍师母。老霍是"反动资本家"也好,是"特务"也好,她照常来。人家劝她,给她点明老霍的身分,她振振有词地说:

"我在这户人家做了十几年,哪个角落没扫过、摸过,是特务,你们去搜电台啊!"

她在电影里看到,凡是特务都用电台的。老霍落实政策之后,还的第一笔人情债,就是阿巧阿姨。一个星期天,他和贺佳一起,到了裁缝家里,坐了二十来分钟,留下了一百块钱。九十块是六六年那三个月的工钱,十块钱是给两个小囡买点心吃的。阿巧无论如何也不收,要塞还给霍师母,霍师母推搡了几次,她总算收下了。

"看看人家，一字不识的乡下人，还是识好坏的!"老霍常常这样对贺佳说。

可能是老霍十分谦和的态度，驱散了拘谨的气氛，两个女婿也先后讲话了。

"讲起这十几年，只有两个字形容。"聂兆雄伸出两个指头"噩梦。就像做了一场噩梦。很多事情，简直难以解释清楚。你整我，我整你，整到最后，整到了自己……"

"乌龟贼强盗全爬上去了!"何继祥一开口就逗得满桌人笑，引得培丽斜着眼睛白了他一眼，又转过头来瞅老霍的表情。何继祥回瞪了培丽一眼:你讲不是啊，造反派那帮小子，三只手、黑人黑户、赌棍、流氓，三教九流都有。苦煞我们这些上当受骗去边疆闹革命的人了。"

"十年岁月，将来算起历史账来，会清爽一些。"定毅说话了，他一说话，所有的人都静下来听他讲。一来，对老霍这一家人来说，他是客人;二来,也由于他目前的身分。"我们这些人,又能晓得多少内幕?只是我们大家都希望,那一段的历史,再也不要重演了。"

老霍咪了一口青梅汽酒,拣了两片冬菇冬笋,在嘴里咀嚼着,说:

"讲别人讲不清楚,讲自己应该还是有数的。嘴里不清楚,心里还是有数的。都是从这十几年里走过来的嘛!"

他听得出来,定毅是从大处着眼发议论;何继祥是在乱嚼西瓜子,瞎扯一气;兆雄的话里,含有向岳父表示的歉意。

"好了好了,别讲这话题了!"贺佳明知老霍的话中有音,故意乐呵呵地举起小酒盅,说,"讲起来就不高兴。还是喝酒,吃菜。兆雄、继祥、定毅、阿巧,你们尝尝我做的八宝鸭。"

十一双筷子伸向砂锅里的糯米八宝鸭,一片赞赏声中,没发表高论的培春讲话了:

"趁今天人多,大家高兴,我顺便宣布一条

消息,我想在'十·一'结婚了。"

"好事啊!"何继祥大喝一声,顾不得培丽掠过来的干涉的目光,仍然粗声粗气地,"离'十·一'就一两个月了,你哪能不把对象带来,大家见见面?"

虽然有何继祥这么大声吆喝,但饭桌上,其他人还是都吃了一惊。连老霍这个当父亲的,也是第一回听说他的对象已敲定了。

"春哥,我未来的嫂子,是不是卖大饼的呀!"培南笑嘻嘻地问。

"滚你的蛋!"培春不高兴地喝斥着弟弟。

"不是你自己说的嘛,吃油水饭的,只能找大饼摊的姑娘!"培南不甘示弱。

贺佳环视各人一眼:"培春,那你就顺便向大家介绍介绍吧! 都不是外人。"

老霍从贺佳这句话里,听出老伴是知道这件事。他想起了在红房子餐馆门口看到的那位"超短裙。"

"她是油漆工,叫孔慧萍。年龄嘛,比我小五岁吧,二十五。认识有头十个月了,去年冬天,同学介绍的。谈下来,还可以。"霍培春一口喝尽了杯中的七宝大曲,伸手去抓啤酒瓶,皱了皱眉说,"继祥,喝白酒还是你行! 大热天喝七宝大曲,我受不了。还是喝啤酒爽快。"说着,他往自己杯中倒啤酒。

"嗳嗳,"何继祥盯住他,"你还没讲完呢,想溜啊! 这个孔……孔慧萍,人怎么样?"

"脾气嘛,人人都是有的,她当然也有! 番司嘛,将来你们自己看吧。不可能是十全十美的。"培春又喝下一大口啤酒,"我想想自己,人已三十,吃油水饭,将就了!"

定毅不以为然:"将就能成夫妻吗?"

"那么,家里呢?"培洁探过头来问。

"家里嘛,兄弟姐妹八个,她是老七,哥哥姐姐中有插兄,有生产组干的,但也都自顾自了,不会有啥负担的。"培春用西餐刀割下一条鸡腿来啃着，含糊不清地说，"她父亲退休了，原来在糕点工厂。她母亲么，好像是在街道工厂，又好像是在街道办事处……"

"到底在哪儿呀？"培丽插进来问。

培春不瞅着姐姐，却瞟了老霍一眼，以肯定的口吻道：

"在街道办事处，办事处。"

"这么说，"何继祥喜形于色地说，"是有点路道的。"

"只可惜，不同我们一个区。"培春不真不假地说，"要不然，你同姐姐的户口迁回来，还能帮上一点忙。"

"可惜。"何继祥深感遗憾。

"你在饭桌上宣布这个消息，"老霍搁下了酒盅、筷子，一字一顿地问，"是个啥意图呢？"

"啥意图？没啥意图啊！结婚总要给亲戚朋友打招呼的啊！"培春感到爹爹此刻的神态不对，急忙申辩。

"春哥,你看过一张漫画吗?"培南又笑着问了,"那上面画着,结婚的请帖,就是催款单、催礼单。"

"培南,我绝不是这个意思。"

"那你是啥意思呢? 培春,姐姐跟你说,我和你姐夫这次从新疆回来,所有家当都卖了,才凑足了三张火车票的钱。你这么快办事情,我没有多少礼好送的。"培丽一本正经地说。

"看啊,看晶晶把汤泼倒了!"小娃娃那一桌上,几个孩子拍着手在嚷嚷。

培洁忙转身去照料自己的孩子。另外几个,还在那儿叫喊。

"别闹啦!"培春大吼一声,瞪了孩子们一眼,转过脸来,对培丽说,"姐姐,你刚从新疆回来,我会收你的礼嘛? 不会收的。"

"兄弟姐妹,一人一份,又能凑出多少钱来?"聂兆雄淡淡一笑,"也就是意思意思罢了。我看,培春是指望爹爹这一头吧!"

"我的情况是明摆着的,从黑龙江带回来的,就是一张户口。"培春摊开双手说,"回到上海,进单位不足一年,每个月四十几只羊,抽烟,老知青聚餐,还要轧朋友。每个月白吃家里的饭,零用钱还不够。"

"要相信,节约对井然有序的生活是必不可少的。"老霍拿起筷子,拣了一片鱿鱼,说,"这一原则,无论对政府、厂矿、机关、家庭,甚至于结婚,都是适用的。"

"爹爹,你的陈词滥调又来了。"培南稍喝一点酒,脸就通红。

"就是嘛!"不知培春是没听出培南讥诮的口吻呢,还是故意装作没听出来,他附和着培南的话,说,"老皇历,早就行不通了。你们看嘛,有几笔钱是一定要花的,酒水铜钿,家具铜钿,服装铜钿。电视机、录音机,爹爹若不给我,我房间里总也需要。还有女方床上用品、化妆品那笔费用。最后还有整修房间的铜钿……"

"房管所搬出去时,整幢楼房整修一新,粉刷了,地板打了蜡,还要整修什么?"老霍打断了儿子的话。

全家人都晓得,谈话进入了实质性阶段,谁也不插话,不吃东西了。都静悄悄地坐着,听父子俩谈条件。连娃娃们的那一桌,经培春刚才一声厉喝,也安静多了。

培春笑了,笑模样很勉强:"这叫啥整修啊?爹爹,你出去看看人家的新房,棚户区,小市民窝里,都是吸顶灯、吊扇、壁灯、画锦线、贴塑料墙布。马马虎虎办事情,不坍你的台吗?"

"要讲坍台,我被人揪斗时,儿子家也不归,一趟跑到黑龙江去,要同我这个'反动资本家'划清界限,那才叫坍台。"

"我那时是受骗上当!"培春委屈地嚷了起来。

"你是去闹革命,去打美帝、打苏修的,怎么又打回家里来了?"

"爹爹。"培春的脸红了起来,声音也随之粗了,"你是要同我算老账吗?"

"要同你算账,我早就不让你进霍家门了。"老霍的音调不高,在饭厅里却是铮铮有声,所有的人,都凝神屏息地听着,"我是提醒你当年说过的话,喊过的口号。对一个男子汉来说,讲出的话,不应该随意变更。大丈夫一言既出,驷马难追。要相信诺言的神圣。一个人的诺言,应当像我们生意上的契约一样确实可靠。可是你呢,十年之前你唱高调;十年之后,你又来个一百八十度的大转弯……"

"陈词滥调……"

"是啊,这些陈词滥调我信奉了一辈子。比起你今天信奉这,明天信奉那,要强得多了!"

培春的脸色由红变白,眼珠左右转动着,他从来没见爹爹这么严厉过。他求救般地朝母亲望了一眼,然后又两眼盯着爹爹:

"这么说,爹爹,你不愿意我结婚……"

"作为父亲,我可以尽到父亲的责任。"

培春脸上的紧张之色消失了,眼里闪出光来:

"那就行了。"

"我可以给你五百块。"

"那是打发叫花子!"培春反感地站了起来。

"打发叫花子? 你的口气倒是大!"老霍冷笑一声,"培华、培丽、培洁结婚的时候,我五十元还拿不出呢!"

"条件不同了,姨父!"定毅看到饭厅里的空气太紧张了,便微笑着插进话来,"依现在的条件,五百块,是少了些。我认识的一个画家,三个儿子,一个女儿,他每人给了五千块、并且画了句号。给五千块,你结婚全花完,以后不给了! 你只花一千块,余下的四千块也是自己的。这方法,倒可以供你参考。"

"是啊,培春,你有话,好好跟爹爹讲嘛,脸红筋胀的,多不好!"培洁轻声柔气地插了句话。

贺佳皱紧了眉头说:"像定毅那么讲话,多好!冤家,那么你说说,要多少钱才能结这个婚?"

　　"毛估估,也得四千块。"培春一屁股坐下去,说。

　　"狮子大开口,不行!"老霍断然回绝了。

　　"爹爹。"培春真正地急了,两只手撑在桌面上,额上沁满了汗珠说,"我是吃油水饭的,轧一个女朋友不容易。孔慧萍早讲过了,她提出的条件达不到,只有一个字:吹!"

　　"这样的女朋友,趁早吹掉好!"老霍呼地一下站起身来,脸上绷得铁紧,干干脆脆地说完,顺手把还剩下一点酒的酒盅,往桌中央一推。

　　满桌的人都为之一怔。

　　老霍转身离开饭桌。他推倒的酒盅里,青梅汽酒全流了出来。

　　饭厅里一片沉寂。

5

　　"老头子,你是怎么啦,发羊癫疯还是吃了

炸药?"

"哪能啦?"

"好端端一顿团聚饭,被你一发脾气,全家人都没吃好。"

"这么讲,还是我惹起来的?"

"培春年纪轻,你什么时候不能管教他,偏要在团聚饭桌上训。"

"团聚、团聚,不要被这两个字迷花了眼!"

"这又错到哪里了?"

"不是你自己说的嘛,这一帮子女,一个个跑拢来,都两眼直瞪瞪地盯着我的腰包!"

"呃……"

"哼!"

"不过,那种场合,你发脾气总不好。阿巧不知所措了!外孙们午睡不睡了!定毅吃过饭就走了!看你接连几天板着脸,培南也住到定毅家去了!"

"去得好!跟定毅学学,对培南有好处。"

"不是我说你呀,老头子。儿子要结婚,给五百块,气派也太小了,忒讲不过去了。"

"你勿要来当说客!我讲过了,要在前几年,五十块我也拿不出。那时候,更没气派了。"

几天之后,贺佳看老霍气消了,候准他情绪好的时候,又一次和他提起培春的婚事,再次被老霍顶回去了。

"老头子,我搞不懂了,你到底对培春有点啥恨?"贺佳轻轻地敲击着巴掌,拖长了声气,不解地说,"闹'文化大革命',多少人昏了头,培春一个十几岁的小娃娃,懂啥呢? 也值得你这么恨?"

"我不是单怪他那时候……"

"现在他工作得好好的,又有啥事情呢?"

"你应该晓得的!"老霍想起长沙发后的录音机,气不从一处来,"要是不晓得,那是你糊涂,你平时最宠他!他那副德性,全是你宠出来的。我跟你明着讲,不要给你的宝贝儿子蒙昏了头脑。他轧朋友,给家里打过招呼吗? 要结

130

婚了,带来给我们见过一面吗?这不是结婚,贺佳,这是热昏!"

贺佳见老霍的脾气,像那天饭桌上一样,知道不是商量事情的时候,不再吭声了。

老霍心情烦躁,午睡时没盖好毛巾毯,患了热伤风,咳嗽、吐痰,还有一点热度。医生开了病假,他在家里休息。

"霍铸成,电话,要打回电的!"楼下弄堂里有个姑娘在喊。

这天中午,老霍刚迷迷糊糊睡着,就被这喊声惊醒了。他怕正在筹建的蓄电池厂又为什么事扯皮,连忙从床上起来,走出正厅,穿过过道,跑进左侧后房间,头伸出窗外去,看见培静正在大门口给传电话的姑娘付传呼费。

"培静,我去打回电吧。看看,是不是爱建公司打来的?"

"爹爹。"培静瞅了一眼传呼单子,昂起头

说,"不是爱建公司打来的,你放心休息吧,我去打回电。"

听说不是爱建公司的来电,老霍略微安心了,但他又不由得问:

"那是啥人打来的?"

"来电人姓名,写了一个罗字。好像是罗叔叔。"

那多半是罗济元来的电话了。不过罗济元晓得老霍的生活习惯,没有急事,他是不会在午睡时打电话来的。想到这里,老霍对顺着弄堂走出去的培静叮嘱着:

"那你问问清楚,到底有啥事情?"

"好的。"

老霍回转身来,准备继续去午睡。还没走出后房间,从对面三号里,传来一声尖厉地喝叫,随后,什么东西砰一声倒在地上,跟着,就是几个男子汉粗嗓门的对骂:

"要打,打个精光!"

"分不公平,打光了算数!"

"强盗!"

"骚货!"

"…… ……"

　　喧嚣声愈来愈大。大热天里,家家户户的门窗都敞开着,一号里、二号里、五号里、六号里,都有人从窗口探出头来张望。汽车间楼上楼下,那些"文革"中搬进四百八十八弄的住户,干脆跑到三号里的大门口,往里张望。老霍再次从窗户探出头去,发现培丽的三个孩子:芬芬、芳芳、兵兵,全跑出了大门,跑进对面门洞里去了。他想喊他们回来,也没来得及。

　　"唉,王先生的台,算是坍足了!"老霍叹息地自言自语。

　　三号里的王先生,是一家棉纺厂的老板,讨了大小老婆。大老婆生下五个女儿,住在平安坊的一幢花园楼房里。王先生和小老婆、小老婆生下的三个儿子,一直住在三号里。"文革"

133

中被赶出去,现在搬回来,也不过半年的时间。王先生得到退回来的现金、存折之后,家里一直没有太平过。大老婆和她的女儿、女婿们,经常找上门来,和王先生大吵大闹,要求分钞票。说是她们吃苦头有份,得甜头没有份,没有这么便宜的事。

今天,想必又是平安坊的人马开来了。

"爹爹,你困不着吗?"老霍刚要回自己房里去,女儿培丽走进了后房间,随手给老霍推过一把藤椅来。

老霍在藤椅上坐下,手往三号里一指:"吵得这么响,啥人还睡得着。"

"听说王先生分财产,分得不公平,儿子每人两万块,女儿每个六千块。大老婆和女儿们大为不满,来找王先生和小老婆闹。"培丽把事端都打听清楚了。

老霍暗自吁了口气。他和王先生交往不多,但毕竟是邻居,底细还是晓得的。王先生那家厂子,总共也就十几万的财产。他的存款,不会超过这个数字吧! 八个子女这么一分,还有大、小老婆,他自己手中,恐怕也就剩不下好多了。

"看来,还是要相信,造福于人,是人类的共同责任。只有这样,自私自利的渣滓才会被消灭,人的灵魂也才会变得高尚。"老霍喃喃地咕噜了一句,"培丽,你说对吗?"

培丽在老霍面前坐下,不解地扬起两条眉毛:

"爹爹,话是对的。不过,要我们造福于别人,别人什么时候造福于我们呢? 比如说我,到新疆十几年,吃了那么多苦,谁说过我们好呢? 当年,说我们去干革命,是光荣的。但是,谁又说在上海的人不是在干革命、在上海工作不光荣呢? 到头来,赖下来不去的人,生活得安安定定、舒舒服服。我们呢,吃苦也是活该! 姆妈厂里,说得好好的,可以让我顶替。我一回来,何继祥家里无法顶替,他父亲是木匠,七五年就退休了,不符合顶替条件;他姆妈在里弄生产组,被他妹妹先顶了。他没法顶,我也受连累。说夫妇双方,有一方没条件的,另一方符合条件,也不能顶。"

说着,培丽揩起眼泪来了。

老霍心头也不好受了,他劝慰道:"那就等一等,再打听打听……"

"何继祥天天跑乡办、跑劳动局。连姆妈也到厂里去过好几次了。"

"急也没用。我听说,像你和何继祥这种情况,另外有一种方案。说是上海不能接受,但新疆也不一定去了,可以安置到苏北大丰农场去……"

"我也听说了,爹爹。"培丽揩净了眼泪,抬起头来说,"我要同爹爹商量的,就是这件事。你也晓得的,现在许多事情,从开始说到真正做,可能要拖个几年呢。这几年里,没有收入,小囡要读书,要吃饭,要过日子,怎么办啊?"

说着,培丽的眼圈又红了。

"到什么山,砍什么柴。急也是急不出办法来的。"

"我想来想去,要拖过这段辰光,只有两个办法。"

"啥办法?"

"第一个,一家人先回新疆去,等到好办手续了,再来。"

"讲讲第二个办法。"

"在家里等。我去里弄申请补助粮票;到附近小学申请给芬芬、芳芳、兵兵读书。何继祥会做木工,请他爸爸介绍点木工活做做……"

"嘭!"一声轮胎爆炸样的震响,从三号里传过来。父女俩不由自主地朝窗外望去。从三号楼下客厅里,传来王先生暴跳如雷地吼叫:

"贼种! 都是一群贼强盗,把钞票还给我,我一分钱也不给你们了! 我马上给银行打招呼,一分钱也不付给你们,哪个去取钞票,都扣下……"

声音传到老霍耳朵里,"嗡嗡嗡"直响。

比起王先生家里来,老霍的子女,还算是好的。瞧,培丽有了难处,来求爹爹,好商好量的。老霍瞅了培丽一眼,培丽的两只眼睛,泪汪汪地,期待地望着他。老霍把手在藤椅上轻轻拍了一下,说:

"我赞成你第二个办法,就在家里等吧,不要跑来跑去了。"

"我是怕叫爹爹心烦。"

"我烦什么? 就是委屈了你们,住在三层楼上……"

"比起小市民窝、棚户区,比起何继祥家里七个人挤二十平方米,三层楼上好一百倍呢!"培丽满足地说,"这么说,爹爹不嫌弃我们?"

"我做啥嫌弃你们呢?"

"那天吃团聚饭,爹爹不高兴,我心里全乱

了,像老鼠爪爪在抓。"

"那是你多心了。"老霍没料到自己一生气,会惹得女儿猜疑,一时倒有些懊悔起来了。他觉得自己该解释几句,"培丽,你自己也在当妈妈了,应该能体谅父母。看到培春不争气,看到他那种一副向我讨债的样子,我就不痛快。至于你们,住就住下吧,无非是吃饭时多摆几双碗筷……"

"那我就替芬芬他们谢谢外公了。"

"谢什么?"老霍笑了,"难道我不是你的父亲吗?"

培丽请爹爹休息,自己到楼下厨房里去了。她一回家,贺佳确实轻松得多了。

不论怎么说,培丽还是懂事的。她一家五口人回来,底楼后房间的培春、二楼左侧前房间的培静,都认为把贺佳退休后的位置留给了她,是他们为她作出的牺牲,因此,谁也不愿再让出房间来。二楼后厅的培南,说他搬到左侧后房间去睡,后厅让给姐姐、姐夫他们。培丽不让培南搬,主动带着三个小囡,招呼何继祥,上了三楼。这么一来,很可能引起一场风波的事情太太平平解决了;三楼的两间房子,也派上了用场。以后即使培华一家回来,再有些亲戚朋友,也能住夜了。为此事,老霍甚觉欣慰。

三号里的王先生发了雷霆之怒,似乎是把他的八个子女镇住了。不再有吵嚷嘶喊之声传过来。此时,老霍忽然觉得有些倦意,他靠在藤椅上,闭上了眼睛,沉浸在冥冥之中。

"爹爹,我要到新疆去!"

这是"文化大革命"的前一年,一九六五年。高中毕业后、在家里闲了半年的培丽,从街道办事处开完会回来,看见爹爹、姆妈,劈头就是这句话。

"你发疯了?"贺佳一脸紧张地惊叫着,"报名了没有?"

"刚刚动员,我不是回来和你们商量嘛!"培丽撅着嘴说。一九六五年,她还是一个漂漂亮亮的妙龄少女。

贺佳一口回绝:"不要去。那是人去的地方吗? 那是过去充军发配的地方!"

"瞎三话四!"培丽反驳道,"成千上万的解放军,建设兵团,都在那里。"

"那也不用你去凑这份热闹。"贺佳被培丽顶了一下,放缓了口气说,"家里又不是养不起你。"

"我已经十八岁了,还要家里养?"培丽嫌和姆妈说不清,转过脸来,盯住爹爹,"让我去吧,爹爹,我要自己养活自己。"

"说说看,你为啥想去?"老霍不动声色地问。

"待在家里太没劲了。家务事有阿巧阿姨做,我帮不上忙,闷得发愁! 到里弄去参加社会青年的活动嘛,哎呀爹爹,你不晓得那些讨厌的家伙,眼睛里像会喷脓水一样盯着人家,我浑身都像爬满了刺毛虫!"

"噢。"这种事情是可能的,培丽长得这么漂亮,性格又开朗,那些年轻小伙子,不追她才是怪事呢。老霍委婉地提了一句,"那么,在家里埋头温课,争取明年再考呢?"

在老霍的心目中,新社会了,把子女一个个送进大学,就算是尽到了为父的责任。

"不行不行,爹爹,你又不是不晓得,一进高中,我的成绩就不敢和培洁比,读书读不进去。天生的黄鱼脑瓜,没办法。爹爹,你还是让我去新疆吧!"

"决心这么大,你就去吧。"老霍爽快地说,"让人家也看看,劳动人民的子女能去新疆,我霍厂长的女儿,也照样能去,照样不吃老米饭!"

"你也疯了……"贺佳一声低喝还未落音,培丽一蹦三跳跑出了房间,噔噔噔下了楼,一边跑一边叫:"我报名去,我报名去,培静,陪姐姐去报名!"

急得贺佳连连喊着:"回来,回来……"

贺佳叫不回女儿,想追出去,被老霍一把拖住了:

"嗳,我们当父母的,可不要拖子女的后腿啊!他们有他们的理想、他们的前程!"

贺佳瞪了老霍一眼:"勿要在我面前表现你的臭积极。"

老霍不以为然地摇摇头。

说真的,老霍在他的"霍副厂长阶段",各方面,还真正是积极要求进步的呢!在华东局里当高级干部的堂兄霍志成,对堂弟能够认真接受改造、跟上时代的步伐,多次表示十分满意。

培丽报了名,两个月后,穿上一套崭新的军装,在文化广场参加了万人大会,欢欢喜喜到新疆去了。

上火车那天,老霍一家人都到北站去欢送,比送培华出门去上大学,热闹得多啦!

剥了半天的豆瓣，又在冰冰冷的自来水里洗了半天青菜，老霍的指甲壳发痛，十根手指头青紫青紫，焐在袖筒里，还在隐隐地疼痛。

回到家里，他歪在床上，一动也不想动，脑子里一直在琢磨，用个啥办法，可以把豆瓣剥得又快又省事，手指头上，也可以少受点皮肉之苦。挤在拥塞一团的厂车里回家时，老霍已经想出点名堂了。用一块木板，上面竖一块薄薄的铁片，晒干了的蚕豆放在薄铁片的立沿上，找把小锤子一敲，剥起来可能要省事得多，明天就试试看……

那正是老霍二易其位的时候。造反派不让他执掌工人阶级的财权，把他从财务科派到食堂里去打下手，洗菜、刮鱼鳞、剥毛豆子、切菜、洗土豆，有时还喊他洗咸肉、杀鸡、杀鸭、拔猪毛。这真是苦煞了老霍。一辈子只晓得在饭桌上品尝佳味珍肴的老霍，历来信奉孔老二的君子远庖厨之说，他从来没做过厨房里的事情。

在四百八十八弄四号里,一年之中,真难得有两三次走进厨房间。现在,他不但要天天泡在厨房里,还得亲自动手做,真难坏他了。

　　凭良心讲,厨房里的老师傅、小师傅们,不管是男是女,人人晓得他原是私方经理,又当过十年鸿光厂的副厂长,对他从不奚落、从不耍弄的。叫他干的事,也都是些轻松活。但就是这些简单的厨房活,老霍做起来,心中还是在连声叫难。到这时候,他才晓得,剥一碗毛豆子,竟然要花一个多钟头(老霍的速度);拔一只蹄髈上的猪毛,竟然要拔两三个钟头(还是老霍的速度)。他开始知道了,阿巧阿姨在家里一年到头做这种厨房活,有多麻烦。她在家中吃住,每月只拿三十元钱,实在是不多。

　　"跟你讲啊,培丽回来了!"

　　老霍半合着眼睑,暗自思量着用啥办法在木板上竖起那块铁片,贺佳下班回来了,拎包还没放下,就凑近老霍说。

145

老霍连忙坐起来身子,睁大了眼:"在哪儿?"

搬了家,里外两间屋,他进门时,没看到啊!

贺佳放下拎包,拖过一只方凳,坐在老霍对面,沉重地叹了口气:

"在我妹妹家。"

"住到她家去干啥?她可以和培静睡一张床嘛!"

从四百八十八弄搬出来之后,虽只有两间房子,培春和家庭划清界限,住在饮食技校战斗兵团总部里闹革命,一年多没回家来睡了。外间屋就只培洁和培静两个。培静睡的是一张大床,完全可以再睡一个人的。小弟弟南南从抄家之后,就住到阿姨家去了,整天跟着当逍遥派的定毅哥哥听唱片、看小人书。

贺佳责备地瞪了老霍一眼,愁眉苦脸地说:"做出见不得人的事了,她好意思回家?"

"出什么事了?"老霍吃了一惊,日子已经过

146

得如此艰难,千万千万不要再出事啊?

"她……她……"贺佳指指肚皮,"她这里面有了……"

"在新疆结婚了?"明明预感到不妙,老霍还往好处想。

"结婚了她会回来吗? 就是没结婚啊! 当初跟你讲,不要让她去,不要让她去,现在你看看……这个冤家,现世报,回上海来凑这份热闹,都怪你、怪……"

老霍剥蚕豆剥得生痛的手指发胀,伸出来在痉挛般发抖:

"男方是啥人?"

"一个叫何继祥的,木匠的儿子!"贺佳鄙夷地说。

"回来了吗?"

"两人一道回来的。"

"准备怎么办?"

"我和贺妮商量,只有一个办法。培丽的肚

皮里,只有两三个月,找条路子,想办法刮掉,然后调养几个星期……反正新疆建设兵团现在也种不成田,人都跑出来了,不会晓得……"

"想得倒好!"

"你说不成吗?"

"万一事情透露出去,不但影响培丽他们本人,还要影响到贺妮、你和我。我们这个家庭,经不起这么折腾了。"

"那你讲怎么办?"

"唯一的办法,是补救。"

"补救?"

"把那个姓何的找来,当面说清,赶紧结婚!"

"嫁一个木匠的儿子?"贺佳大为不解。

"事到如今,我还怕木匠的儿子不认账呢!这样的流氓,社会上也不是没有。"

"那……那……怎么进行婚礼呢,手头上钱……"

"穷就穷结婚吧,谁叫培丽出这种事呢!"老霍这会儿的主意倒是坚决的,"你赶紧给我叫培丽回来!"

"她……她怕见你……"

"哎呀,这种时候,我哪里还有力气训斥她啊!"老霍不耐烦地挥了挥手说,"把事情妥善处理了,才是要紧的。快去吧。"

贺佳转身走了。一阵阴冷的风,从半开的门洞里吹进来,老霍不由得打了个寒噤。他从来没有感到过,冬天竟有如此之冷。这是他一生中,感到最冷的一个冬天,一九六七年的严冬。

何继祥在他姐姐的陪同下,跟着培丽,来面见未来的老丈人了。他显然是从来没经过这样的场面,抖抖索索,战战兢兢,神态十分拘谨。

他倒没有赖账,一口承认,孩子是他的,他有责任。问他准备怎么办时,具体办法他又一个也提不出来。老霍认定了,要是不提示他,双方家庭应该尽快操办大事,他肯定是当一天和尚撞一天钟,得混且混,混到孩子出世,他也不会有个主意的。

进门时,老霍以凝重的目光盯了他一眼,他穿着一件海魂衫,两件藏青色绒线衫,最外面套一件大翻领球衫。四件运动衫的领子全翻在外面。过个冬天,他穿这四件衣裳就算打发了。看来身体很强壮,一脸的粗相,小眼睛,直鼻梁,阔嘴,无论从哪个意义上讲,他都不美。整个谈话过程中,老霍再也不愿意望他。老霍实在不能理解,培丽怎么会喜欢这样一个人的。

当何继祥的姐姐,代表男方家庭,表示愿意尽快操办婚事,并且谈出了初步设想,大致定下了日期,客客气气地告辞出去以后,从来不曾骂过人的老霍,竟也忍不住忿忿地骂道:

"贼胚,一个十足的贼胚!"

从这第一次见面,老霍便认定了,女儿年轻

幼稚,是无辜的。坏的是这个姓何的家伙,是这个一脸无赖相的女婿。

老霍靠在藤椅上,回想着这一段往事,心头不知是个什么滋味,耳边陡地传来培静的轻唤声:

"爹爹,吃冰砖。"

老霍一睁开眼,培静手托着一只细瓷小盘,上面放一块冰砖,一只不锈钢小匙,递到他胸前。他摆摆手:

"我感冒,不吃这冰东西。"

"爹爹。"培静一本正经地告诉父亲,"我听医生讲的,伏天里热伤风,吃冰砖最好啦!"

"噢,那就吃一点。"老霍拗不过女儿,接过盘子,舀了一匙冰砖,吮了一口,冰凉醒神,倒真是不错。他仰起脸来问:"罗济元打电话来,有啥急事?"

"他电话里也没讲,只请你去他家里一次。"培静一边吃冰砖,一边回答,"我跟他说,你热伤

风,病假在家。他说他晓得,已经打过电话到爱
建公司去了。不是家里有急事,他不会来打搅,
他一遍一遍地讲,请你务必要到他家去一次。"

"想来一定是有急事。"老霍沉吟着说,无形
中加快了吃冰砖的速度,"那就去一次吧!"

"爹爹,你不要急,慢慢吃。"培静劝道,"我
半休在家,陪你一起去。"

老霍诧异道:"你怎么又得一个半休?"

"不是一个,是一个礼拜的半休……"

"真有病,就在家休息,我不要你陪。"

"我没病,爹爹!"

"那你怎么连续半休一星期?"

培静偏着脑袋,顽皮地一笑:"这里面有
诀窍。"

"诀窍?"

"鸿光厂医务室分配进去的一个医生,和我
过去是同学……"

"那也不能弄虚作假呀!"老霍正色道,"被

人知道了,我老霍的女儿……"

"没人知道,爹爹。在表面上,我们装作原先互不相识,完全是一副公事公办的样子。"

"也不行,培静,做人要老实。要相信……"

"爹爹,你又来了。"老霍的"陈词滥调"还没说出口,就被培静打断了,"社会上,现在到处都这样,有啥关系?"

老霍瞪直了两眼,愣怔地望着培静:这是他的女儿吗?

是的。老霍有三个女儿。三个女儿都漂亮得令人羡慕。她们的皮肤像姆妈,个头、脸型和身架都像父亲,颀长而又俊秀。不过,平心而论,老霍常常在心中暗自忖度,他的一对双胞胎女儿的婚姻,不那么理想。他希望小女儿未来的爱情,比那对双胞胎姐姐幸福和美满。可是,培静是从什么时候开始,变得如此讲究实惠,如此充满了世俗之气的呢?

老霍想不起来了。

"你晓得哦，你那个宝贝女儿，自说自话，跑到云南去插队落户啦！"培春和父母亲划清界限，跑到黑龙江去以后没几天，贺佳气急败坏地冲到老霍身旁，举着培静留下的一封信，气咻咻地说，"你看看吧，她衣裳也不带，行李铺盖也不置，户口也不迁，就带上牙刷、毛巾，偷偷摸摸跑掉了。这一群冤家啊，树倒猢狲散，看到大人遭难，都各奔前程去啦！"

老霍装作惊愕地展开了信笺，眯缝着眼睛看起来。

其实，培静的所作所为，他全都知道。只因为贺佳死活也不准女儿再去插队落户，在老霍的默许下，她才耍出了这一手。

半个月之后，培静从云南来信，附来了当地县知青办接收她插队落户的公函，街道乡办的干部也上了门。培静的户口、粮油关系稳稳当当迁走了。

唉，当年的热血青年，如今怎么会变成这个

154

样子？

梧桐树的阔叶，像凝定在空中一般，纹丝儿不动。酷暑炎夏，一动就出汗的上海，真不好受。

老霍和培静拣树荫多的人行道徐步走着。一家两开间门面偌大的玻璃橱窗里，映出父女俩的身影。

年轻的时候，老霍就是个极有风度的男子。他一米七〇的个头，宽阔的肩膀，窄窄的腰身，体型矫健。始终给人一种结实而又轻捷、庄重而又文雅的印象。

今年老霍六十七岁了，腰不弯、背不驼，走路甩动双手，从背影看，至多以为他是个五十来岁的中年人。

他身旁的培静，一条十分合身的深蓝色连衫裙，把她端庄的五官，恰到好处地衬托了出来。培静长着一张开朗的脸，微翘的鼻子，嘴角两边自然地抿紧,未说话嘴角先蠕动,比她两位姐姐,自有一种生动之处。

"爹爹,你在想什么?"

"哦,我在想,你今年的实足年龄是……"

"二十七。"

"是啊,正当一生中最好的年华。国家的形势在变好,你个人的一切也都落实了,工作、户口、包括上海人眼里看得很重的房子,独缺一个男朋友了。有了吗?"

"我想好好地拣一拣,爹爹。"

"当然要慎重,培静。不能像你的两个姐姐一样草率。客观条件,也比两个姐姐当时的要强嘛! 对吗?"

培静在点头。

"不过,培静,你是否想过,要选择一个理想的对象,作为自己,也得……"

"这点我懂,爹爹。"培静截住了老霍的话,"你讲到了这件事,我也向你表明我的观点。培春要结婚,不管你怎么帮助他,我都没有意见。我只讲一点,到我办事情的时候,我要求和培春一模一样。"

一辆洒水车,鸣着清亮悦耳的喇叭,迎面开来,在亮灿灿的阳光下,洒出万千珠玑,均匀地撒在柏油马路上,扬起一层白色的水雾,烁人的眼。

老霍只顾听女儿讲话,不提防,水洒到了自己的腿上,把他一条派力司薄裤打湿了半截裤腿。

"哎哟,爹爹,我来给你擦一下。"培静惊叫着,扬起手帕,就要俯身。

"没关系。"老霍伸手挡住了女儿,"大热天,一会儿就干了。"

父女俩继续沿着树荫下的人行道往前走,不知为啥,老霍感到一股言说不清的惆怅,一阵深深的失望。他想对女儿说的,是关于自身的完美,关于精神上的追求,关于灵魂的纯净和高尚……她说她懂,其实她懂什么呀!

"哎呀呀,你到底来了,到底来了! 我的铸成兄。"长相十分厚道的罗济元把老霍父女迎进客堂,请他们在铺了凉席的沙发上坐下,用冰水兑了桔子汁端上来,一面一迭连声地欢迎,一面开始诉苦,"家里出了大事情,把我弄得六神无主,吃饭吃不进,困觉困不着,你说说哪能办?"

老霍喝了一口冰水桔子汁,把朝着他吹的华生牌电扇按了一下,让它定向朝着屋角落吹,自己拿过一把芭蕉扇,轻轻扇动着。问:

"到底出了啥事情?"

"还记得哦,老兄,你在我糖果店楼上避了一年风头,日本人投降之后,你老兄曾给过我一笔铜钿,又以鼎力相助,我又开了两家糖果分店。"

老霍苦笑着说:"三家店面,害你戴了一顶'资本家'帽子。"

"去年也都落实政策了!"罗济元把手一挥,表示不愿提及那一段往事,"还了存折和现钞之后,两个女儿,我一人给了五千,还剩下三万来块钱,我和老太婆留下一万……"

　　"只留下小头啊!"老霍随口插了一句,他注意到,培静颇有会意地瞅了他一眼。

　　"我和老太婆都有退休工资,平时用用,是足够有余的。留下一万块,也是防个病啊、灾啊、亲戚朋友牵丝扳藤的纠缠啊。"罗济元圆滚滚的脸上满是愁容,"哪晓得,就是给小儿子的两万块钱,给出事情来了。"

　　"你的儿子,不是在百货公司当服装营业员吗?"老霍和罗济元是常有来往的莫逆之交,"文革"中,罗济元因为老板做得小,又是在糖烟酒公司下属的单位,受的冲击比老霍小,也没扣工资。一有机会,他还拖老霍悄悄上饭店呢。罗济元三个子女的情况,老霍都了如指掌。

　　"是啊是啊,服装营业员。"罗济元急急地往下说，"多么轻松的活，这个宝贝不知为啥，同他的领导吵了一架，竟然辞职不干了！起先是领导批评了他，可能训得凶了些。到后来，看他接连两个星期不去上班，领导上门了，反而向他道歉，说批评时态度不好，向他检讨。哪晓得这宝贝得理不让人，坚持不去上班，还当面讥诮领导，弄得人家头头下不了台，气忿忿地走了。隔了两天，公司里来打招呼了，限他一个月之内去上班。不去上班，作自动离职处理。我和老太婆劝劝他，他就像吃了生米饭一样，根本不听！眼看一个月快过去了，急得我像热锅上的蚂蚁。铸成兄，实在没有办法了，只有端出你这尊菩萨。我那个宝贝，好像对你还尊敬……"

"他人呢？"老霍皱紧了眉头问。这当儿，他转过脸，掠了低头喝桔子汁的培静一眼。

罗济元"啪"地击了一下巴掌："给你打电话时，他还在亭子间困午觉。你来前一会儿，他推着自行车出去了，喊也喊不住。"看得出，办事一贯笃悠悠、稳扎稳打的罗济元，这回是真正着急了。

老霍沉吟地扳着手指头："他是会算的，两万块钱存银行，每年利息千把块钱，每月有个八九十块，足够他用了！"

"就是这句话啊，铸成兄，都怪我给了他这笔钱。"罗济元哀声叫了起来，"本是想让他这一辈子，过得舒适点，哪想到反而害了他！现在我是懊悔来不及啊！……"

老霍又望了培静一眼。培静还在喝冰水桔子汁，垂下了眼睑，一副无动于衷的模样。

"铸成兄，你给我出个点子吧！"罗济元见老霍不吭气，直截了当地提要求了。

老霍双手一撑沙发的扶手，站了起来。他果断地说：

"害他的是这两万块钱。把两万块要回来，他就只得乖乖地上班去了……"

"要过。"罗济元立刻摊苦经，"要不回来了。

他说两个姐姐拿了钱,他当儿子的,更应该得,死活不干……"

"跟他来硬的。"

"怎么个硬法?我抢又抢不过他,打又打不过他……"

"这好办!"老霍嘴角淡淡一笑,"你那两万块钱的存折上,还是自己的名字吗?"

"落实政策时,存的是定期,还是我的名字。"

"你马上到银行去,给柜台上打招呼,就说谁来领这两万块钱,把他扣下。这笔钱,你不给儿子了!或者你干脆把这事给银行说清楚,要他们协助你教育儿子。把这些准备工作做好,你就向儿子宣布,这笔钱不属于他了。"

"啊哈!"罗济元的右巴掌,清脆地拍了一下额头,兴奋地跳了起来,"好办法,好办法!铸成兄,到底是聪明人!今天晚上在我这里吃夜饭。培静,和你爹爹一起留下来。"

老霍注意到,对罗济元的家务事自始至终持冷漠态度的培静,已经抬起头来,正用一种思忖的目光,想着什么。

老霍不动声色地在罗家客堂里踱着方步。

6

每星期四下午,老霍总要提前一个小时"下班",去会离休老干部、自己的堂兄霍志成。这一惯例,家里和爱建公司办公室里,大家都晓得。不拿一文钱的爱建公司同行们,到了星期四,常常会提醒他:

"老霍,今天你又要'赴宴'了!"

这天下午五点来钟,老霍动手整理桌上的文件、报纸时,阿虎的电话又来了:"爸爸,申小佩说要来拜望你老人家。""好嘛,"老霍的眉头不易觉察地蹙了一下,说,"我定个日子,电话通知你!"阿虎倒是逼得紧。老霍搁下话筒,照例谦和周到地向同事们道了别,然后离开爱建公

163

司的办公室。

走出大门的时候，门房间里有人喊："老霍，有人找你。"

老霍转过脸去，正在奇怪，找他的人，怎么不直接上楼呢？爱建公司又不是啥机要部门。刚想问是谁，女儿培洁跨出了门房间，淡淡一笑，喊他：

"爹爹！"

"培洁。你怎么不上楼去？"

"我晓得你快下来了。"

"有事吗？"

培洁白皙的脸上遮了一层阴影，长长的睫毛垂落下来，覆盖着她那一双到了中年仍还晶莹烁亮的眼睛。

这就是说，她是有事找爹爹。

老霍迟疑地环顾了一下周围，伸手朝花园里一指，道：

"到花园里去坐坐吧！"

爱建公司所在地,是一幢带花园的俄罗斯式楼房。整幢楼用花岗石砌成,显得凝重、敦实。尽管外表已显得陈旧,颜色灰暗,但楼内经过整修,仍还显得坚固而耐用。小花园也一样,草地经过修剪,绿茵茵的一片。花园角落上,还栽有一棵枝干横生的桂花树,遮下一片阴影,很是凉爽宜人。

培洁双手背在身后,靠在桂花树粗糙的树干上,两眼望着自己的脚尖,低声问父亲:

"爹爹,你是不是见了兆雄就讨厌?"

"这是从何说起呢?"老霍疑讶地瞪大了双眼,他的脑子里掠过培丽与他交谈时的情形。看来,自己饭桌上一生气,引得子女们都多心了。

"你说嘛,有没有这种感觉?"培洁固执地发问。

"没有。培洁,你们不要误会,我没有这种感觉。我若耿耿于怀,会让你请他上门吗?"老霍牵动了一下嘴角,想笑,却没笑出来。

"那么……"培洁伸出舌头舔了舔干燥的嘴唇,"那么,为啥你和姆妈同意培丽一家五口住在家里,不让我们搬回来住呢?"

老霍听得很清楚,一家五口四个字,培洁是加重了语气的。这么说,他们不是为老霍在饭桌上生气而多心。老霍吁了一口气。不过,培洁提出的这个问题,仍然是够尖锐的。

已经是秋天了,上海九月里的秋天,正是俗话所说的秋高气爽的季节。气温适宜,不冷不热。培丽一家回到上海,有一个多月了。关于他们的调动之事,只听说种种传言,毫不见动静。他们一家在家里住定下来,却是肯定的了。培洁的话一点不错,同是女儿,为啥要两样对待呢?

要回答,理由和托辞自然都是好找的。只是,贺佳究竟是怎么同培洁讲的呢?老霍没过问;假如他的回答同贺佳说的有矛盾,那岂不

166

更糟？

　　为难之中，老霍在培洁的双目注视之下，字斟句酌地说：

　　"你不要同培丽比。她要去苏北大丰农场，住在家里，是暂时的。这些年，在新疆，她受了不少苦，大概她也给你讲过不少。姐妹之间，万万使不得小心眼。至于你要住回家来，"老霍抬起左手摆了摆，阻止培洁插话，继续说，"我不知你和你姆妈是怎么商量的。你既然还有这个意思，我再同你姆妈商量商量，你看好哦？"

　　培洁拭着眼角的泪，带着哭腔道："爹爹，我不是来逼你。我也是没有办法。一家人八平方米，螺蛳壳里做道场，哪能住呀……"

　　她的泪水不住地涌出来。

　　老霍沉默了片刻，心肠软了，劝道："勿要哭了！我们尽快答复你，我想你会满意的。"

　　培洁抑制住抽泣，移动着脚步，唏嘘着说：

　　"谢……谢谢爹爹……"

167

霍志成的家住在一幢老式石库门楼房的厢房间里。三十二平方米的大厢房，平均地一分为二，里间住霍志成老夫妇俩，外间住着照顾两老的小女儿。这间房子，是一九七六年底，霍志成解除半监禁似的"干校"生活之后，临时分配的。七七年底落实霍志成的政策，推倒一切诬陷不实之词，宣布平反昭雪，恢复党籍，补发工资。由于他被摧残得很重，腰杆像被折断的树枝，挺不起来。右耳完全聋了，一点都听不见。左耳勉强能听到响声，却也时常发生耳鸣、心悸。为此，平反之后，霍志成办理了离休手续，在家治病、疗养、安度晚年。办离休手续之前，国家按照他原先的级别和对革命的贡献，重新分配了一套三室一厅的住房。他的两个已成家、仍挤在斗室里的儿子，听说父亲分了一大套房子，跑来请求父亲，让他们兄弟俩搬去。霍志成见分到的是四层楼，上上下下也不方便，让两个儿子把原先的斗室退了，一大套房子，照顾了这一对宝贝儿子。他自己仍和老伴、小女儿住在这浴间、灶间和邻居共用的石库门房子里。

　　每次,老霍踏上石库门楼房"壳隆壳隆"作响的楼梯,心头就会掀起一股不平静的浪潮。堂兄献身革命一辈子,到头来,还住在这样的房间里。这种三四十年代建造的、老式石库门房子,在上海都是普普通通的市民住的。由于年代的久远,无论是门窗、楼梯、天花板、墙壁、地板,都已几经维修,实在是应该推倒重来了。但听说,这种楼房还是中等的住宅,比它次的,还大有所在。因此,它们至少还将存在二三十年。就是说,把自己的一大套房子让给了两个儿子的堂兄,也许一直要在这间厢房里住到生命的终止。

　　真正想不到,堂兄的晚年,竟然比老霍还差呐。对比堂兄的近况,老霍要优越得多了。到堂兄这儿来,吃一顿晚饭,坐一个晚上,天南海北地聊上一通,老霍的心灵,自会感觉到平静,感觉到自甘淡泊的宽慰,感觉到说不出的一股滋味儿。而堂兄呢,也早在扳着指头,盼着他的到来呢。年纪大了怕孤独,有个几十年的亲戚、老友来坐一坐,对堂兄来说,也是一种安慰。

也许是听到楼梯响,厢房间的门开了。老霍抬头一看,正是堂兄的小女儿。她在向他摆手示意。

这可是从来没见过的情况。老霍扬起了眉毛,轻声问:

"哪能啦?"

"爸爸发病啦!"堂兄的小女儿迎下来,在老霍耳边低低地说,"叔叔,你小声点,跟我进去。刚陪他看完病回来,打了针,吃了安眠药,好不容易才睡着。"

老霍的心往下一沉,见姑娘要走,他轻轻拉住她:

"啥辰光发病的?"

"星期天开始的。"

"医生怎么讲?"

"旧伤复发。重。这几天,我请假在家服侍爸爸。"

"你姆妈呢?"

"有几帖中药还没配上,她到中药店去了!"

"你那两个哥哥呢?"

"一人来过一次。"

姑娘的眼圈旁,有两道青晕。肯定和她母亲轮流陪夜呢。老霍对堂兄的两个儿子,历来是不以为然的。他对堂兄的这个小女儿,评价却一直很高。平时,他总有点隐隐的忧虑,这姑娘好虽好,但她毕竟三十岁了,她能陪伴父母亲多久呢? 此时此刻,老霍的脑子里忽地冒出一个不祥的念头,别是这姑娘要料理了她父亲的后事,才能出嫁啊! 一阵怅惘之情袭上老霍心头。

随着姑娘走进厢房的里间,老霍一眼看到,双人床上一条薄棉被盖着合目熟睡的堂兄。

呵,一个星期不见,堂兄的变化竟如此之大,他的脸色灰白,嘴唇发青,尖尖的下巴翘起来,露出些白胡髭。两条粗浓的眉毛,无力地耷拉下来。即使在熟睡之中,堂兄的眼睑还是蝉翼般颤动着。

仅比老霍大四个月的堂兄,这会儿看去,好似比老霍大了十来岁。老霍的心一阵阵在收紧,他凭直觉意识到,堂兄的生命处在垂暮之际。

呵,十年动乱彻底地把堂兄摧毁了。他在不见阳光的黑屋子里关了整整四年。记不清有多少次,他被拳打、脚踢、棒击逼着交代"特务"罪行。最不堪忍受的是,堂兄像重犯一样,被拖出黑屋子,逼跪在地上,让人把大炮仗放在头顶上,点燃后,在爆炸声中蹿向天空,庆祝"无产阶级文化大革命的又一伟大胜利!"而这样的"伟大胜利",在那十来年里,不知庆祝了多少回。堂兄的耳朵,就是这样震坏的。他的心脏病,也是这样得的。老霍的眼里饱噙着泪,他不得不掏出手帕,拭着自己的眼角。

堂兄革命一辈子,得到点什么呢?两个不争气的儿子;一个到了三十岁还没找到对象的女儿;半辈子为他担惊受怕,忧心忡忡的老伴。还有,还有一张离休证,一笔补发的工资……哦,老霍不是共产党员,而对着重病缠身的堂兄,他不得不这样想。

对老霍来说,堂兄岂止是一个兄长呢。他还是老霍几十年的老同学、老朋友。老霍了解共产党,接触共产党,最初就是通过堂兄。因为堂兄是他自小熟悉的,是他深切了解的。堂兄是共产党,那证明共产党肯定是为国为民的。年轻时代,在上海和堂兄相遇,老霍不就是这么想的么!

当然,老霍不只交了堂兄这一个共产党员朋友。解放后,他中学里的同学,他经手并出力送到新四军兵工厂去的工人,都和他有过联系,来看望过他。"文革"十年中,某野战军的一个副军长,某地方部队的一个副师长,还到老霍家来探望过。他们中,一个曾是老霍读高中时很要好的同学;一个是去新四军兵工厂的工人。不过,和老霍接触最多、相交最深的,还得数堂兄。

老霍在堂兄床边的一张椅子上坐下来。他沉浸在害怕失去老友的恐惧之中,以致堂兄的女儿给他倒了一杯茶,他都没察觉。往事,和堂兄有关的好些往事,一齐涌上了老霍心头。

一九四六年到一九四九年,是生意最难做、鸿光厂最难维持下去的年头。上海滩上,无数的中、小厂家、店家,纷纷倒闭。为了使鸿光厂维持下去,老霍四处奔波,惨淡经营着。抗战八年中,迁去西南的鸿光厂,已在西南地盘上安营扎寨,打开了局面。老霍的哥哥扎下了根,不想再回上海了。老霍的父亲带着一部分想落叶归根的老工人,在抗战胜利后,回到了上海。父亲年纪已大,根据既成事实,决定将上海的这一摊子,全交老霍经营,他自己回归浠墅关故里,养老去了。

在旧中国,要想发展机器工业,要施展鸿图,造出中国自己的汽车,实现青年时代的梦——工业救国,谈何容易啊!能生产些铁丝、铁钉、螺丝帽,勉强维护生产,保住厂家,已经很不易了。

为应付飞涨的物价,老霍跑银行,跑米店,跑商店;为弄到点原料,老霍更是四处打听消息,八面进行联络;为把产、供、销的道道关节打通,老霍拜望有权有势的大亨,出席种种应酬宴会,请客送礼,陪打麻将⋯⋯为了鸿光厂的生存,三教九流,老霍都打过交道,一天到夜,忙得团团转。

这天,他正要去应付场面上一顿酒席,马路对面跑过一个人来,高声招呼他:

"霍老板,别来无恙啊!"

老霍抬起头来,半张着嘴,却没说出话来。这太令他吃惊,也太令他恐惧了。

来人已经走到面前,瘦高个头,薄刀脸,一双眼睛又大又精明。他笑嘻嘻地问:

"还认得我吗?"

"认得认得。"老霍怎能不认得啊,这是鸿光厂的工人沈根发,颇有点技术,前两年,经他的手送到新四军兵工厂去的。老霍看到他手叉在腰里,歪着脑袋瞅人的样子,心里"怦怦"直跳。脑子里在忖度对方的分量:这家伙是私自逃回来的? 还是接受了任务,像当年堂兄一样,来同自己联系的? 且敷衍一下再说。"根发兄弟,混得还好吧?"

"好个屁!"一开口就话不投机,"我们穷工人,哪能和你老板比。往台面上说吧,霍老板,我们六个人,吃不了那份苦,跑回上海来了。"

"噢,回上海来了,那好呀!"老霍心里说,糟糕！最怕发生的事，终于发生了。

"霍老板忙啥呀?"沈根发左右扫了一眼，稍放低了点声音讲:"能不能陪弟兄们茶馆店里喝杯茶啊?"

老霍吃不准，沈根发和那五个工人跑回来找他，是因生活困难，想找他要点铜钿呢，还是他们已经告了密，想把他骗到茶馆店里，让特务把他抓起来? 他笑了笑，委婉地试探说:

"根发兄弟，鸿光厂的工人，人心浮动，大家上班没心思，只记挂物价飞涨，想跑出来弄点柴米油盐。为稳牢大家，我拍了胸脯，月头工资每礼拜发一次，一个月发四次，而且，不发纸币，发银洋钿。不让工人兄弟们吃大亏。今天，我就是去忙这件事，茶馆店，只好改日再去了。"

"霍老板，你倒是替工人弟兄们着想啊!"沈根发干笑了一声，"茶馆店不去，也没关系。不过，我们六个人的生活，实在混不下去，也请你想想办法啰! 你看，再进鸿光厂……"

"啊!"老霍基本上已能吃准,他们还未告密。要进鸿光厂,安排几个工人,照理该考虑的。不过,头脑十分灵活的老霍马上又想到,现在,晓得他替共产党办过事情,选了工人去兵工厂的,就只这六个人。要是让这六个人回了鸿光厂,嘴头上漏个风出去,厂里工人全晓得了,那后果就不堪设想。于是,老霍及时截住了沈根发的话,快刀斩乱麻,当机立断地说:"鸿光厂眼下这点工人的工资,都月月在喊开不出,再进人,恐怕……至于你们六个人的生活嘛,尽管朝我私人开口,我尽力而为。"

"哈哈,爽快,爽快。霍老板,当初去的时候,你们就说过,只去传技术,做工,不算从军,来去自由;而且你下了保证,回到上海,介绍工作只管找你。看来,你没有失言。"沈根发笑着说,"你霍老板这么讲义气,我们弟兄也是有良心的。不到万不得已,绝不会找上门来。"

老霍和他约定了下回见面交钱的地点,匆

匆赶到饭店应酬去了。

这以后,除了身上时时得带一笔铜钿之外,老霍天天还处于一种戒备状态,生怕这六个人中,有谁去向特务告密,说他私通共产党。有时,半夜三更,老霍从梦中醒来,也要走到窗口,朝外望望,看弄堂里和房子周围,有无异样的动静。

幸好,这六个工人,谁都不曾出卖老霍。但老霍在这三年中,交付他们的钱,累积起来,也是相当可观的一笔。

解放了,生意好做起来。老霍打听到,堂兄已经回到上海,当了军管会的干部。他想起这三年心惊肉跳的日子,直想去找堂兄诉诉苦,发发牢骚,表一表功;同时,当然也是去同堂兄叙叙旧,谈一谈别后的情况。

军管会在靠近外滩的圆明园路,现在《文汇报》社所在的大楼里。老霍对这一带是熟门熟路,进了大门,坐电梯上去,卫兵把他带进一间

179

会客室。等了十几分钟,走出来一位秘书模样的人,冷漠地瞅了老霍一眼,淡淡地说:

"首长在午睡。你安心等等吧!"

说完,回身就退进去了。

会客室里分外安静。老霍坐在一把沙发椅上,纳闷而又颓丧。

噢,堂兄现在变成首长了! 连自己的堂弟也不见了。想当初,哪一回不是你打电话约我,预先在约定地点等我的;这会儿,打倒了蒋家王朝,坐了江山,要搭搭架子了。我找上门来,只得到一句:首长在午睡……算了吧,我来这儿做啥呢? 生意从来没有像现在这么好做过,鸿光厂也从来没有这么兴旺过,要做的事情很多。我既不想讨个一官半职,又不要你堂兄付还我交给沈根发的款子,无非是想叙叙旧罢了。哪晓得,堂兄现在身份变了,是首长了,不见……

老霍悄悄地离开了军管会,而且拿定了主意,不再来找堂兄霍志成了。

"叮铃铃铃！"

几天之后,鸿光厂办公桌上的电话铃响了,老霍抓起话筒"喂"了一声,就听见堂兄霍志成的声音:

"啊哈,铸成,那天我午睡醒来,才听说你来过了！为啥不闯进来喊醒我啊？你会以为我当了官,在摆臭架子了是不是？没那么回事！告诉你,秘书和警卫都被我批评过了。你来吧,哪天来都行。要不,我去看你？先讲清楚,我们之间,还是老同学,还是堂兄堂弟,还是老朋友嘛！勿要有啥别的想法。"

搁下话筒,老霍才释去了疑虑。自那以后,几十年来,老霍和堂兄之间,以诚相待,以老友相交,确确实实获益匪浅。私人之间的友谊和亲戚之间的情分,都在随着年岁的增长而加深。"文化大革命"中,造反派追问霍志成,和"反动资本家"霍铸成的黑关系,霍志成把一切揽到自己身上,回答说是根据党的政策,进行统战工作,是他主动去找堂弟的。同样,内查外调的专案组成员,拍桌子打板凳地要老霍提供堂兄是"叛徒"、"特务"的材料和口供,老霍本着良心,没有瞎三话四,甚至还为此挨了耳光,并被造反派指着鼻子骂:"你们俩互相包庇,真是一丘之貉!"从这一切来看,他们之间的友谊,也是经受了考验的。

哪里会想到,形势变好了,生活安定了,该安度晚年了,堂兄却要甩手而去了!老霍的思想上怎么接受得了这一事实啊!

他怀着一颗被刺痛了的心,离开了堂兄的家。正是下班的高峰,老霍不想去挤车,神色黯然地踯躅在马路上的梧桐树荫下。

大上海还是像每天黄昏一样,掀开了不夜城的帷幕。解放三十年后的今天,即使在一幢幢花园楼房组成的西区马路上,也能感受到它的喧嚣而热闹了。自行车的铃声不绝于耳;从临街的窗户里,传出油锅的炒菜声和收录机的音乐声。地面给挖得极难看的弄堂里,不时响起孩子们的欢叫……

老霍拖着疲乏的身子,走进四百八十八弄四号里的时候,门厅、客厅、厨房间里灯光通明,家里就像过节似的热闹,以致老霍走进门厅时,谁都没发现他。

"要我讲,培南,干脆你勿要去报到,省得啰嗦!"培春以不容置疑的口吻发表高论。

"对啊,对啊!"贺佳的声音比平时响得多,"南南,武汉多远哪!夏天热得像火炉;坐轮船要三天三夜,有了急事,打电报也不能马上回来。不能去啊,像你大哥培华,出去读了大学,一分分到云南……"

"云南真不是人待的地方啊,弟弟。"培静抢过话头说,"吃菜放辣椒,话听不懂,人地生疏,生了病叫天天不应,叫地地不灵。回一趟家,火车要坐三天三夜,骨头都坐痛……"

"坐飞机只要三个钟头。"南南的声音在众多的嘈音里，显得那么微弱。

"一百十几块一张飞机票!"培静嚷起来，"你辛辛苦苦做两个月，三个钟头就飞掉了。"

培丽也跟着说："培南，你还是听姆妈的。看看哥哥姐姐吧，我们一家，有四个人都出去过，上过当了。你可千万别再去上当。家里条件好，养得起你;你成绩好，在家温温功课，明年再考。"

"想得倒美。"培南不屑地说，"考取了外地大学，不去报到，明年不准再考;五年内不分配工作。"

"五年就五年，阿拉到乡下一去就是十年，两个五年呢!"培春振振有词地说。

贺佳的声音严厉了："你勿要去相信那些说法，去年人家考取不去报到的，今年还不是照考，照样分工作。"

"就是啊，南南，大家全是为你好!"姐夫何继祥也劝起来,嗓门又粗又大,"家里有吃有穿有白相,你急个啥呀!"

"小舅舅,你勿要去,勿要去!"培丽的三个孩子也像约好了似的,抱住了培南的手臂,一迭连声地嚷嚷。

培南被缠得没法,抬起头来,一眼看到了老霍,连忙叫道:

"爹爹,我考取了武汉大学!"

"噢,你说是好事还是坏事啊?"老霍朗声问。

"人家想去还去不了呢!"培南答非所问。

贺佳赶紧走近老霍,说:"不能让他去啊!他是像当初的培华一样,让大学迷昏了!"

"我看啊,你也是给忙昏了!"老霍微微一笑,"快把我老头子的生日都忘记了吧!"

"生日?"贺佳不解地瞪了老霍一眼,"年年要给你做生日,你反对;今年怎么心血来潮,又想做寿啦?"

"年纪大了,过一年少一年,热闹热闹嘛!"老霍兴致挺高地昂起了头说,"亲戚朋友一律不请,只通知阿虎一家;而且,也不上馆子,就在家里热闹,好吗?"

　　"好啊!"只有何继祥一个人高声赞同,"往年我们在外地,还没吃着爹爹的长寿面哩!"

　　最小的外孙兵兵,拍着小手跳起来:"好啊,外公做生日,阿拉吃奶油蛋糕,吃大蛋糕啰! 开心啊,开心啊!"

　　在南京东路德大西餐馆订制的奶油裱花大蛋糕,端放在大茶几正中,六十七支寸半长的小蜡烛,插在蛋糕边沿的烛槽中,全用打火机点燃了,一朵一朵悠悠的小火苗儿,映着全家人喜吟吟的笑脸,映着蛋糕正中那个巧克力奶油书写的"寿"字。

　　"芬芬、芳芳,多好看,多好看哪! 全点亮了!"兵兵指着大蛋糕,吮着拇指说。

"坐吧,坐吧!"老霍站在底楼客厅的中央,摊着右手掌,招呼自己的儿孙。他穿一身豆灰色薄花呢西装,没打领带,随意地扣了一个纽扣。为过生日,他刮了脸,新理了发,显得神采焕发而又潇洒自如。

子女们纷纷在两套软扶手沙发上坐下了。孙子辈的小娃娃,有的挤坐在叔叔、舅舅们中间,有的坐在靠背椅上。每人就近的茶几上,放着一杯浓香扑鼻的牛奶咖啡,小瓷盘里,叠着一块块小方糖,那是专为不习惯喝咖啡的人备的;觉得咖啡苦,可以加两块方糖。茶几后方,大托盘里,分别放着从南京路冠生园和福州路杏花楼买来的广式月饼。壁炉台上,还放着采芝斋出的苏式月饼和具有松、软而不沾牙特点的扬州月饼。月饼旁边,各有一大盘天津鸭梨和烟台苹果。老霍和贺佳藤椅前的茶几上,放着一盘驰名全上海的功德林素月饼。那是何继祥拖了培南,天没亮到黄河路凤阳路口的功德林素

187

菜馆,排了五个多钟头的队买回来的。

只因老霍的生日在阴历的八月间,所以,月饼就成了生日的最好食品。子女们买的礼品,也都是月饼,而且都是些上海出名的店里做的。因为他们都知道,爹爹相信名牌货。

"吃吧,想吃的过来拿。芳芳,这椰蓉月饼不错,你吃一个。"老霍招呼孩子们随意选月饼吃,顺手递了一只广式月饼给培丽的二女儿。说是给老霍祝寿,其实还不都是儿孙们放开肚皮吃。

"谢谢外公。"芳芳接过月饼,退到姆妈的身边去了。

"不要吃得太饱,还要吃蛋糕呢!"老霍呷了一口咖啡,贺佳搅拌得不错,奶味浓郁,又不腻人,喷喷香,一股沁人肺腑的清苦味。老霍喝咖啡,是不喜欢多放糖的。他坐端正了,说:"午饭热热闹闹聚了一顿餐,我也吃了长寿面,很高兴。菜肴质量一般,但都是全家人一道动手做的,所以吃起来特别香,对吗?"

几个子女在点头。外孙兵兵撅着嘴说:"外公,我还去倒过垃圾哩!"

"好,爱劳动是好小囡。"老霍郑重其事地表扬小外孙,又环顾了儿女们一眼,接着说,"饭吃了,合家欢也到王开照相馆拍了。难得的相聚啊!培华正好出差路过上海,阿虎和小佩、小远远也来了。可以讲,除了培华的妻子、小囡没有在,是个遗憾外,我老霍这一大家子,都坐在这儿了。喝了点开胃酒,兴致高,我想趁这机会,讲几句话,你们愿不愿听啊?"

"讲啊,爹爹,你尽管讲!"何继祥只要有烟抽、有酒喝,有好东西吃,就特别兴奋,头一个响应,"我们做子女的,竖耳恭听!"

"洗耳恭听,姐夫。"培南笑呵呵地纠正何继祥的错字。

"爹爹,有话你就讲吧,我们都静心听着。"培丽盯了丈夫一眼,声气柔柔地说。

189

众人也七嘴八舌地表示："讲呀,讲嘛!"

老霍朝花园里望了一眼,天渐渐黑下来了,生日蛋糕上的蜡烛光焰,亮闪闪、晃悠悠的,显得愈加诱人。十几个子孙,都在喝咖啡,吃月饼。从厨房间里,传来煤气灶上咖啡壶"笃笃笃"滚沸后冲击盖子的声音。谁都不晓得,爹爹要讲点啥。独有贺佳,和老霍共同生活了近四十年,熟悉他的脾气,预感到了一点严峻,端端正正坐在藤椅上,手里抓着一块绣花手帕,垂着眼睑,紧抿着嘴,不吃也不动。

"刚才我讲了,今天特别高兴,子孙满堂;要是我发点请帖出去,想必也是高朋满座。托了当今政策的福,我是满可以打打太极拳、吃吃喝喝白相相,安享晚年了。"老霍端了咖啡,稍稍咪了一口,身子舒舒服服地往藤椅上一靠,接着说,"我是六十七足岁了。这六十七年,有顺利太平的时期,有坎坎坷坷的时期,也有风风险险的时候,我都一步一步走过来了。嗳,不要光望着我,你们吃呀!"

老霍讲完了开场白,让儿孙们照样吃东西。他挑了一块素月饼,递给贺佳,尔后自己拿起一块,吃了一口,咀嚼着,眯缝起了眼睛,感慨万千地往下说:

"临到老年,赶上了好时候,落实了政策,退还了存款,搬回了老房子。光退休工资,就拿四百出头。这个数目,是培静工资的十倍吧?"

"十倍,爹爹。"培静在削梨,鸭梨的皮直拖到镶木地板上。

"加上你姆妈的退休工资,每月可开销的铜钿,是近五百块。你们经常说我,爹爹,你退休了,为啥还要七进七出地干呢,享享福吧!中国那么大,你可以去旅游旅游嘛!夏天去莫干山、北戴河避避暑;冬天到广州、南宁去躲躲寒,那花得了多少钱? 一片好心,我都领了。只是,我心里并不舒服,并不认为你们真正理解我……"

"外公。"嘴巴里塞满了月饼的芬芬突然瓮

声瓮气叫了起来,郑重其事地问,"你还有啥不舒服的?"

"大人讲话,小人勿要插嘴!"培丽在女儿的手背上轻轻打了一下,喝斥道。

天完全黑了,花园里只能依稀看到夹竹桃影影绰绰的树叶。裱花大蛋糕上的蜡烛光影,随着一阵徐徐的晚风摇曳晃动着。光的微亮不时地在儿孙们的脸上跃动。老霍看到,他们的眼睛亮晶晶的,都在注视着他。

老霍吁了一口气。客厅里静悄悄的,谁都不作声。子女们都意识到了,爹爹提议做这生日,不单单是吃吃、喝喝,白相相,欢欢喜喜乐一乐,爹爹的"戏"还没正式开场呢!

老霍一口喝干了杯中的咖啡,贺佳接过杯子来,拿起紫铜小咖啡壶,"笃落落"给老霍斟咖啡。这把紫铜小咖啡壶,是培华特意从昆明买来,送给老霍的。

"当然,造成你们不理解我,这也得怪我,你们小时候,懒惰了,逃学了,做功课不用心了,我最多教育你们几句:长大了要独立生活,再想靠剥削过日子,是要杀头的,不允许的。你们不听,我就只有一个办法,把你们关进浴间……"

客厅里响起一片轻轻的笑声,受过这种惩罚的子女,大概都想起了关浴间的味道。老霍也笑了,笑毕说:

"今天我讲这番话,不是要补课。只是想给你们,敞开我自己的心扉。也许,你们又要说,这是陈词滥调。请你们放心,是陈词滥调也好,是老生常谈也好,我只跟你们讲最后一次了,听不听由你们。我历来相信,每个人在社会上,都有生活、自由和追求幸福的权利,有要求享受的权利。近年来,思想解放了,政策开放了,外国的东西传进来了,衣裳的色彩鲜艳了,书啊、电影啊、戏啊,都比前些年有看头了,饭店里的特色品种,也在逐渐恢复。每个人的生活,似乎都变得充实起来。一个姑娘穿件漂漂亮亮的服装，一个家庭添置了电冰箱、彩电、录音机一类高档商品，几个朋友相约着上一次饭店，一顿饭吃去几十元，没有人再讲这些是资产阶级生活方式，是变'修'了。于是，有人就自然而然地以为，只要有了钞票，一切都能买得来的。错了！钞票哪里来的？劳动换得来的。享受的条件，舒适的生活环境，对高档服装、家具等等的追求，都是可以的，但都要用劳动去换得。要相信，劳动的尊严，不论是体力劳动还是脑力劳动，对人的生活来说，都是必不可少的。这个世界并不欠我们每个人什么东西；我们每一个人，倒是欠这个世界一份责任。那就是说，要用自己的劳动去奉献，去为你生活在其中的世界尽一份责任。一日到夜钻在铜钿眼里，是不会有啥出息的。"

客厅里静极了，儿孙们不再吃东西了，一个个目不转睛地望着老霍。贺佳担忧地用眼角瞥了一下老霍，端起冷了的牛奶咖啡喝了一口。

培春以揶揄的口吻说出的话,在客厅里显得格外响亮:

"爹爹,你啥辰光学来了这么多大道理?"

"你不相信吗?"老霍向儿子伸出一只巴掌,"我不给你说远的了,你罗叔叔的小儿子,两万块存折到手,上班吊儿郎当,和领导吵了一顿相骂,干脆辞职了。他凭啥这样无法无天?就是钱害了他!所以我给你罗叔叔出主意,到银行去,卡住他这笔钞票,一分钱也不给他,逼着他上班去。要不,他荡在社会上,无所事事,轧上坏蛋,非走上邪路不可。还有,对面三号里,为点点钞票,大小老婆,兄弟姐妹,吵得天翻地覆,哪里还有点点手足之情啊?你们都听到了,那些骂人的话,王先生的台全都坍掉了。报纸上登过一条新闻,一个老教授死了,留下一共六千块钱的现钞,四千块价值的书,一帮儿子女儿、媳妇女婿,不办丧事,倒在那里抢遗产。这些儿女之中,竟然还有共产党员,你们说这钱害人不害人？就拿你培春来说，想着钱，行的事也不那么光彩嘛！"

"我怎么啦？"培春的口气强硬起来，"我不就是要结婚嘛！"

"是啊，你活到三十岁了，先是读书，接下来造了几年反，后来又跑到黑龙江去闹革命，回到上海来，混了一两年，轻飘飘说一声，要结婚了，开口就要四千块钱。太便当了，我的少爷。"老霍的语气带着些微嘲弄，"天上掉下金子来，去捡捡还得起早点、花点力气呢。你算是将我的军，威胁我说，不拿这笔钱出来，女朋友要吹。培春，你也忒小看爹爹了。爹爹不吃你这一套。"

"爹爹，我到底在哪里得罪你了？"培春委屈地叫了起来，"不就是在'文革'初期和你划清界限，没跟你打招呼，跑到黑龙江去了吗？中国人在那个时期，谁不曾狂热过，虔诚地发过一阵疯呢？你能原谅阿虎贴你大字报；原谅培华、培丽不回来探亲;原谅姐夫家里对你的迫害;原谅培静,为啥独独不能原谅我?"

"问题不在这里,培春。我一向认为,每一个人都应该在对时代作出分析和判断之后,顺应一定的潮流。"老霍一点也不激动,心平气和地说,"你们当年盲目地顺应潮流,我从来不曾责备过你们,就是提起来,也只是用提醒的口气。培春的问题,不是这个。"

"那为什么……"

"为的是你品质差。长沙发后面的录音机,是你放的吗?"

"呃……"

"你不就是想晓得,阿虎来了,我给了他多少钱吗?"

培春窘迫地垂下了头,支支吾吾地说:"我……不是,我没有……"

"钻到铜钿眼里,人就会做出这种卑鄙的事。"老霍的语调仍然是平心静气的,只是放得更缓慢了,"要记牢,人的品质,不是金钱,不是权利,不是地位,它具有无上的价值。"

培春低下了头。客厅里一片寂静,大家都悄悄地坐着,连小娃娃们也乖乖的了。

老霍像挥驱烟雾般一摆手:"好了,这件事就到此为止。我也不会重新提起,你自己好好想一想吧。歇一歇还要吃吃蛋糕,我把要讲的话,尽快讲完。培华出差路过上海,带来了好消息,晋升工程师了。'文化大革命'那年毕业的大学生,能够提工程师,很不容易,说明干得不错嘛!这次回来,我就没有从他嘴巴里听到想调回上海的话。这一点,蛮有启示性。我觉得对南南究竟要不要去入学,有参考意义……"

"爹爹,你放心,我脑子还是有的。"培南打断了老霍的话,表明了自己的态度,"不管别人怎么说,我是要去报到的。我不想指望你的财产,我要走我自己的路!"

"十七八岁的小伙子,应该有这种志向嘛!

去读大学,又不是去服苦役,武汉还是大城市嘛!"老霍的话虽然委婉,还是透出了自己的态度和对其他人的责备,"作为父亲,手心手背都是肉,哪一个子女我都喜欢,都希望尽到我当父亲的一份责任。培丽要转到苏北大丰农场去,是政策许可的,手续没有正式办理之前,住在这里,我毫无想法,你尽管住。随便怎么说,大丰农场离上海近点,离我们当父母的近点,我当然希望这样啰!培洁向我提出来,兆雄的弟弟要结婚,三口之家,住在八平方米房间里,住不下。我和你姆妈再三商量了,同意你搬回来。本来担心房子不够,现在,培南要出门去读大学,不存在这个问题了,你们就准备搬吧……"

"爹爹,谢谢!"培洁离座站起来,向老霍微微一鞠躬。

"爹爹。"到岳父母家来极少讲话的兆雄,也站了起来,带着颤音说,"你向我们小辈敞开心扉,我也借此机会,向你表示我做女婿的出自肺腑的歉意。当年我父亲的所作所为,我实在无法干预。不过我是晓得,我……"

"不要提那些事了。坐下吧,兆雄、培洁、晶晶,让我们住在一幢房子里,像真正的一家人那样生活。"老霍把女儿、女婿劝坐回沙发上,瞅了一眼蛋糕上的蜡烛,蜡烛已烧去了大半,烛泪滴落在槽里,朵朵火焰仍是亮灿灿的,"十年动乱,苦尽甘来,落实了政策,每一户还到款子的人家,父母亲都对子女有所表示,我也同样不例外,'文革'之前,我有多少铜钿,从来没对你们讲过,我也从不打算告诉你们。一闹大革命,不告诉你们,你们也有数了,好几十万。不错,我不想否认这个数目。我也不会把它平均分成七份,分到你们头上。前头我讲过,那样做是害你们! 上次我讲了一句气话,说给培春五百。当时,定毅就讲少了;事后,我也有意识打听了一下,五百确实少了一点。现在我增加四倍,给你们每人两千。结过婚的,是补给;没有结的,

200

算是我的一点意思仅仅是一点意思。定毅说：一个画家还给每个子女五千呢！那画家是画家境界，我有我的想法。"

说着话，老霍从西装衣袋里，掏出一迭七只牛皮纸信封，这是他专为今天的生日聚会作的准备。他把信封扬起来：

"这是七张定期存款。南南那一张，由姆妈保存。其余六张，你们现在拿去。余下的钱，我想全部交给国家……"

"啥?"培春惊叫起来，"全部交出去?"

"是的。明天我就去找区委统战部长。"老霍一字一顿地说，"我考虑这件事，不是一天啦!"

贺佳"呼"地一下站了起来，朝着老霍叫："老头子,你疯了……"

话音未落，寿字大蛋糕上的六十七支蜡烛先后熄灭了，客厅里一片黑暗。虽已有意料，老霍还是为之一惊。

有人拉亮了客厅的落地台灯,老霍镇定着忽显烦乱的情绪,分发着信封:

　　"培华,你第一个来拿。"

　　"爹爹,我不缺钱用……"

　　"这是我的一点心意。"老霍以固执的语气道,还重重地晃了一下信封。

　　培华接过了信封。

　　老霍递出第二只信封:"培丽,你的。"

　　"谢谢爹爹。"

　　"培洁,你的。"

　　"爹爹,我们……"

　　"不要推辞了。"

　　"谢谢了!"

　　"培春,拿你的去。"

　　培春默不作声地接过了信封。

　　老霍说:"你不讲我也知道,你嫌少。但我要给你讲清爽,我没有义务,把三十岁儿子的一切都包起来。"

"哼，发神经了……"培春嘴里低声咕噜着。

"培静，该你的了。"

"谢谢。"

"比你预想的少了点吧?"

"爹爹，我说过的，反正我和培春拿一样的。"

老霍坐直了身子，把手中的两只信封，一只递给贺佳代南南保存，一只举过肩头:

"这最后一只，该是培峻——阿虎的了。阿虎……"

"爸爸，我……"培峻站了起来，惶惑地瞥了申小佩一眼，申小佩眼睛望着天花板上的花饰，装作没看见。按她平日向丈夫透露的心迹，想从阿公那里得到的款额，当然要比这个数目大。

老霍两眼凝望着阿虎，慢吞吞地说:"不要嫌少了，对每一个小家庭来说，两千块钱，还是有两千块钱的用处。"

"爸爸，假使你听得进我的话，我倒想说，你把所有钞票交出去的作法，还可以再考虑。"阿虎接过信封去，提出了自己的看法。

培华也接着说："我也是这个意思。"

"交出去做啥呀?"何继祥也发表意见了，"吃够了苦头，还要表示进步啊!"

"爹爹，"培春直着颈项站起来，气冲冲地说，"我也说一句，你这完全是莫名其妙!"

贺佳拉拉老霍的衣袖："老头子，你听听，你听听，他们……"

"不要啰嗦了。"老霍稍稍提高了嗓音，微带不耐烦地，"这件事，我已拿定了主意。我们，还是动手吃生日蛋糕吧!"

尾　声

星期天的早晨，老霍稍作打扮，离开了自己的家。

走出四百八十八弄的时候，迎头碰上了买菜回来的梅枝阿姨。

居民小组长还是那样福态,不急不慢地迈着四平八稳的步子。看到老霍,她那白净丰满的脸上,顿时堆满了笑容,热情中带着点谄媚:

"霍先生,星期天你还要出去忙啊,嘿嘿。"

随着他清脆的笑声,她脸上的皱纹,全舒展开了。

老霍见梅枝阿姨主动招呼,急忙回以一个笑脸,谦恭而彬彬有礼地一点头:

"哦,梅枝阿姨,你买菜回来了?"

"回来了,回来了!"梅枝阿姨举起了菜蓝子,"你看看,买鱼、买肉,全要排队。阿拉这种人家,哪有你霍先生家的福气呀!看你,脸上的气色多好,一脸的福相啊!"

这又是在恭维老霍了。老霍尴尬地一笑,梅枝阿姨擦身过去了。老霍也急急地走出了弄堂。他是去区委统战部长的家里,实行他已庄重地向子女们宣布的计划。

区委统战部部长住在一幢新盖的十六层大

楼的十三层上。在马路上转过弯,老远地,就能看到那幢刷成翠绿色的大楼了。

老霍的脚步慢下来了,不知为什么,他忽然觉得有点疲倦。

出门的时候,他还是有力地甩着双手,迈着潇洒的脚步。怎么只走了这点点路,细算起来,也就两站半路吧,竟然就走累了,真不中用了。

一阵电车的喇叭声,鸣得他抬起头来。电车后面是卡车,卡车后面是公共汽车、小轿车、面包车、工具车……车队的两侧,是自行车的河流,向着相反的方向,不停地涌去、涌去。老霍这种上了年纪的人,只有等红灯亮起时,才敢过马路了。

这里的十字路口,是老霍走过千百次的地方。几十年来,除了店门口的招牌、橱窗的装饰有所改变外,楼房的式样,几乎不曾有啥变化。唯一多出来的,就是远远的耸入云空中的那幢十六层高楼。

哦,上海,老霍生活了几十年的地方,几乎可以用任何字眼来形容它,它是拥挤的,是繁华的,是喧闹的,嘈杂的,是有着浓厚的市民味的,是带有特色的,是有趣的,沸腾的,是具有强烈的诱惑力的……不论从哪个角度议论它、赞赏它的人,恐怕有一点认识是共同的,它的居住面积和它的人口,太不相称了。老霍很偶然地在两篇不同的文章里看到,莫斯科的住房面积,平均每人是十六平方米;而上海,暂时平均每人只有四平方米。要是每个上海人都像老霍的儿子培春一样,指望着父母亲的恩赐,指望着坐享其成,那么,这个数字是极难改变的,甚至到了培春老了的时候,大概也增加不到二位数上去。

想到子女,老霍自然而然想到了今天清晨的事。他坐在客厅前的台阶上喝蜂乳,大儿子培华在小花园里踢腿、弯腰、做早操。

"爹爹,有这样一件事情。"培华纯粹是闲聊似的讲起来,"有一个儿童文学作家,'文化大革命'初期,把自己的两万多块钱交了党费。他觉得这是理所应当的。没过多久,他一个已经在外地成家的儿子,携全家来上海探亲。探亲期间,作家儿子请一个熟人为他看家。冬天烧火炉子,那个看家的人不慎煤气中毒死了。死者的亲属,要求作家儿子赔偿八百块钱。儿子哪里拿得出这许多钱,就向父亲要。殊不知儿童文学家一时也拿不出这笔钱,那年头又没稿费,心里想要回一点已交的党费,但又说不出口。他的儿子只好四处去借债。"

培华仅仅是讲了这件事的始末,他怎么听说的,事情是真是假,全然不知,他也未加一个字的评价。儿子是大学毕业生,新提升的工程师,工作多年了,他当然懂得含蓄。作为老霍,当然也理解培华说这话的意思。老霍什么话也没讲,他喝完蜂乳,退进客厅去了⋯⋯

绿灯亮了。老霍正要穿过马路去,一个人拉住了他的手臂:

"霍……霍经理,你还认识我吗?"

被人拉住手臂,老霍先是吃了一惊,听到人家招呼他,他才镇静下来,眨巴着眼,微笑地打量一下对方。老霍依稀觉得,此人面熟。瘦瘦高高的个子,花白的短发,薄刀形的脸,一双大大的眼睛里,眼白泛黄了。

"哦,根发师傅,认识,认识,哪能忘记呢?!"老霍想起来了,此人就是沈根发,从新四军兵工厂里跑回上海之后,有好几年时间,专门找他要铜钿,维持生计。

"是啊,想当年,给你添过不少麻烦。"沈根发带点歉意地说,"解放后,看到没有跑回上海的那些人,当官的当官,受重用的受重用,我才晓得,霍经理,我是走错了一步棋。你指我一条光明道,我不去走,吃不了那份苦,落得现在……"

"现在你生活好吗?"老霍最不喜欢听人念后悔经。在他的信念中有一条:至死不吃后悔

209

药。他客气地截住了沈根发的话问:"退休了吗?"

"退休了,拿一笔退休工资,混混日子。整天下下棋、打打扑克、抱抱孙囡……"

"这么说,日子还好过。"

"和你是不能比了,霍经理。家里房子小,儿子、女儿都要结婚,唉……没办法。再会吧,霍经理。"

沈根发径直沿人行道走去。说话间,绿灯又一次亮了,老霍匆匆地过了马路,继续朝十六层高楼走去。再走过两条横马路,就能到了。

沈根发的出现,搅乱了老霍的心绪。和沈根发一道跑回上海的几个人,解放后,都很快就找到了工作,没有再找老霍要过铜钿。此后三十年,老霍也没再碰到过他们。老霍记得,当初,贺佳一听说这些人找上门来,总要抱怨老霍,揽上了一件永远也摆不脱的麻烦事情。贺佳是心痛拿出去的钱……

这次,老霍决定把所存的几十万块钱,都交给国家,贺佳更是很不以为然。近日来,她时常拿背脊对准他,眼里闪出郁忿的光。贺佳是如此,子女们也同样,他们都很少同老霍讲话。有一次,老霍下楼去,听到客厅虚掩的房门内,传出几个子女喊喊喳喳的讲话声,有一句是培春讲的,声音特别粗:

"……老头子是想表现自己的进步!"

"哼,比我们还幼稚。"

第二句话是培静讲的。在这个问题上,他兄妹俩倒是站到一处去了。要是把钱交出去,整个家庭,不都要反对他吗?

老霍的脚步又放慢下来,如同一个久病初愈的老人。幼稚,这两个字他在"文革"中间也常常想起来,在被批斗、被惩罚性地逼到财务科、食堂、仓库去干活的年头里,老霍常常想起六一年自己主动放弃定息这件事。他无数次责备过自己的幼稚,唉叹着:早知今日,何必当初。

造反派批斗他时,不是无数次抡起拳头、挥动鞭子威逼他交代:唯利是图、爱钱如命的吸血鬼、反动资本家,为啥会放弃这么一大笔定息? 是什么意图? 并且几乎是指供一般地要他坦白:肯定是想以此混进党内,做大内奸、大工贼、大叛徒鼓吹的"红色资本家",继续进行"特务"活动……难道,这回深思熟虑后的决定,还是一次幼稚之举吗?

又走到一个十字路口了,这里比前一个十字路口更热闹,人来车往,喇叭不间歇地鸣叫。虽有警察通过红绿灯指挥,十字路口的各种车辆,还常常陷入欲进不能,欲退无法的境地。

老霍干脆走到人行道边的铁栏杆旁,静候着。两眼仰望着不断变幻的红绿灯。老霍陡地想起生日那天,刚刚向全家宣布交钱的决定,生日蛋糕上的烛光倏然熄灭的情形。那是不是一种什么不祥的兆头呢?

双手扶着栏杆,老霍眯缝起双眼沉思着。他老了,但现在还能散步,还能活动。随着岁月的流逝,他总有一天会走不动,会需要人服侍。到那个时候,就更需要儿孙的孝心,需要他们的照顾。堂兄要是没有他那个小女儿,境况将难于设想。今天在这件事上,得罪了子女,将来子女们会怎么待他呢?即使老霍还有退休工资。可以花钱请人服侍,请来的人,能像自己的儿孙那样尽心吗?

老霍感到不寒而栗。

十字路口稍稍通畅了些,老霍等亮起绿灯,急慌慌地过了马路,一步一步往前走。一面走,脑子里一面在紧张地思索。

是的,老霍有一大笔钱。这笔钱是属于他的。是他当年办厂子、做生意积攒起来的。可为了积攒这笔钱,老霍也是耗费了不少的心血啊!

一件小事浮上心头。苏州河北四川路桥下

面,闸北的地面上,有一幢价值十四根条子①的厂房。由于日本人掼炸弹,厂房已摇摇欲坠,厂主的主要机器早已撤出,厂房只剩有一点简陋的粗重设备。厂主愿以三根条子的价格出售。可在当时,逃难都来不及,哪个还想盘进这么一个烂摊子。老霍听说了这件事,思考再三,拿出三根条子,盘下了这个烂摊子。厂房买下来,连个看门人也找不到,老霍只好自己每日往那里跑一趟。那不是逛大世界啊!是冒着随时可能挨炸弹、房顶随时可能坍塌的危险,在那里钻进钻出啊!老霍就曾亲眼看到,离此厂房不远,一个小囡的手脚被炸飞到空中。

这个烂摊子,后来就是老霍得知哥哥已不想迁回上海,他自己重整鸿光厂的基础。

好快呀,走得再慢,老霍还是走到十六层高楼前来了。穿过这最后一条横马路,就能走进

---

① 条子,系指十两金条。

大楼去了。

　　老霍站在人行道边上，迟疑地向两边看看，有没有南来北往的汽车。

　　这是一条新建的宽阔马路，快车道、慢车道分得清清楚楚。在这条路上跑的车辆，开得特别快。不亮绿灯，老霍一时过不去。

　　站在楼底下望大楼的顶，非得费力地昂起头来不可。

　　老霍突然间犹豫起来，他这样做究竟对不对呢？他该不该走进这幢大楼去呢？儿女们不争气，他可以教育他们。不必要这样感情用事、一时冲动地决定如此重大的事情。他的两腿一阵阵发软，马路上穿梭不绝的车辆挡住了他的去路，他过不了马路了，他走不进对面翠绿色的大楼了。

　　大楼太高了，统战部部长住在十三层，老霍走不上去。不是有电梯嘛？有电梯，老霍也没有勇气去乘。

　　老霍伸出右手，抚住自己的胸口，瞟了大楼

一眼，转过了身子。

　　他为自己的踌躇不决感到有点羞愧，但他还是往回走去、走去，走到马路上越来越多的人流之中，淹没了……